Andrej Longo

DAS SONNENBLUMENFELD

Roman

Aus dem Italienischen von
Constanze Neumann

Insel Verlag

Die Originalausgabe erschien 2011 unter dem Titel
Lu campo di girasoli bei Adelphi Edizioni, Mailand

Erste Auflage 2012

Satz: Hümmer GmbH, Waldbüttelbrunn
Druck: CPI – Ebner & Spiegel, Ulm
Printed in Germany
ISBN 978-3-458-17555-1

DAS SONNENBLUMENFELD

Meinem Vater gewidmet,
der mir beigebracht hat,
was Freiheit ist.
Und Lucys Lächeln,
das im Wind flattert.

Es war kurz vor fünf

Bald würden sie zum Fest von Santu Vito Liberatore aufbrechen. Die Hitze hatte alles fest im Griff. Der Scirocco würde den ganzen Abend heiß wehen, genau richtig, um die Pizzica zu tanzen. Jetzt war es kurz vor fünf. Die Sonne gleißte auf den schneeweißen Häusern. Musik schallte von den Proben rüber, der Ruf zum Tanz. Es war Ende August.

»Sciàmmene«, rief Rita, »na los, sonst sind die besten Plätze weg.«

Giovanni lud die Stühle ins Auto. Die Tasche mit dem Wein und der Frittata di tortiglioni trug Rita. Lucietta und Tommasino hüpften aufgeregt hinter der Mutter her.

»Und Caterina?«, fragte Giovanni.

»Ist zu Pina, hat sie gesagt.«

»Warum denn?«

»Mädchenkram.«

»Was für Mädchenkram?«

»Was weiß denn ich.«

»Und wer dann, wenn nicht du?«

»Willst du mir das Fest verderben, bevor es angefangen hat?«

»Mè, mir reicht's – Caterina treibt sich rum, wie es ihr gerade passt, das muss aufhören.«

»Giuvà, wenn du hier den starken Mann spielen willst, dann gefälligst immer, nicht nur, wenn dir gerade danach ist.«
»Was soll das denn heißen?«
»Nichts. Unsere Tochter kommt nach. Sciàmmene!«

Kurz zuvor

»Mammà, ich geh noch kurz zu Pina.«
Da war es Viertel vor fünf. Die Sonne brannte vom Himmel. Eine Hitze wie im Glutofen.
»Also, ich geh dann.«
Zum ersten Mal log Caterina ihre Mutter an. Aber es war eine lässliche Lüge, die nicht schwer auf dem Gewissen lastete und sie zur Frau machte.
»Von mir aus. Aber denk dran, um sechs fangen die Pizzicari an«, sagte die Mutter.
»Bis dann, wir sehen uns auf der Piazza, Mammà.«
Sie schnappte sich ihr Rad und fuhr los, zu Pina. Oder nicht? Dort, wo die Olivenbäume ihrer Mutter den Blick verstellten, folgte sie nicht mehr der Straße, die zum Haus ihrer Cousine führte, sondern bog in die andere Richtung ab.
Auf die Landstraße.
In Richtung der Brücke.
Caterina war auf dem Weg zum Sonnenblumenfeld. Drei Kilometer war es von zu Hause entfernt. Aber vorher musste man sechshundert Meter über eine Brücke fahren, die schmal war wie die Zunge einer Schlange und über die ein Lastwagen nach dem anderen heizte. Gerade jetzt, während der Tomatenernte. Und ab und zu geschah es, dass ein Laster ei-

nen armen Teufel erwischte. Ein einziger Schlenker, ein heißer Hauch des Scirocco oder ein Glas Primitivo zu viel.

Um die Brücke zu vermeiden, hätte man über den Berg, den Muntagnone, fahren müssen, fast dreißig Kilometer Serpentinen. Oder am Cuzzolara-Teich entlang, der im Sommer kaum Wasser hatte, eine gute halbe Stunde, in der man sich die Schuhe im Schlamm versaute und die Mücken einen bei lebendigem Leib fraßen. Also die Brücke, und Caterina radelte, panisch vor Angst, während die Laster haarscharf an ihr vorbeischossen und ihre Haare im Wind wehten wie ein Schleier.

Als sie klein war, hatte sie im Sonnenblumenfeld Verstecken und Räuber und Gendarm gespielt. Aber das Lieblingsspiel von Caterina und ihrer Cousine war Sognafuturo gewesen, Zukunftstraum.

Wenn sie Sognafuturo spielten, dann heiratete Pina einen König, denn der herrscht über alle, und deshalb durfte sie tun und lassen, was sie wollte, und keiner konnte sie daran hindern. Der König war ein schöner Mann, er strahlte wie die Sonne. So schön war er, dass er jeden Tag auf ein anderes Fest eingeladen wurde, und wenn Pina am Arm des Königs heranschwebte, wurden alle Frauen schwarz vor Neid.

Caterina konnte sich nicht entscheiden, wen sie sich erträumen sollte. Einmal war es ein Seemann, der mit ihr auf seinem Schiff davonsegelte, ein andermal ein Ritter, der den Seiten eines Romans entstieg, um sie gegen alle Gefahren zu verteidigen, ein andermal ein Maler, der mit dem Pinsel eine ganze Welt nur für sie erschuf.

Noch ein Lastwagen raste an ihr vorbei, ein besonders langer mit Anhänger. Der Windstoß überraschte Caterina, das Fahrrad schlingerte, um ein Haar wäre sie gestürzt.

Die sechshundert Meter über die Brücke waren für alle, die sie mit dem Fahrrad zurücklegen mussten, ein sturmtosendes Meer. Der Atem stockte einem vor Angst, unter einen Lastwagen zu geraten.

Caetano Corona, der Bürgermeister, versprach seit sechs Jahren einen Fahrradweg. Er versprach es, und währenddessen erwischte es immer mal wieder jemanden. Zuletzt Tonino, der im vergangenen Monat bei Sonnenuntergang gestürzt war. Die ganze Nacht waren sie über ihn hinweggewalzt. Wie über eine Hure. Zum Schluss war er eins mit dem Straßenbelag. Samt Hut und Fahrrad.

»Tonino war betrunken«, erzählte man im Dorf.

Aber dass er betrunken war, weil er neun Monate zuvor seine Arbeit verloren hatte und keine neue fand, erzählte niemand.

Noch ein Lastwagen, der schwarzen Rauch spuckte wie ein Drache und Caterina ins Schleudern brachte.

Um sich Mut zu machen, dachte sie an Lorenzo, den Enkel des Schusters. Sie dachte an den Kuss. Am ver-

gangenen Sonntag war es passiert, zum ersten Mal hatte sie jemanden auf den Mund geküsst. Ein Kuss, leicht wie ein Seufzer, der ihr Herz so heftig schlagen ließ, dass sie fürchtete, man könnte es bis ins Dorf hören.
Sie dachte an Lorenzo und radelte schneller.
So schnell sie konnte.
Zum Sonnenblumenfeld.

Während Caterina radelte

Lorenzo lag ausgestreckt mitten im Sonnenblumenfeld. Seit einer Stunde lag er so da. Wie ein Traum wehte ihm Caterinas Kuss durch den Kopf.

»Mè, Lorenzo, fang mich, wenn du kannst!«, hatte sie gerufen.

Und war mit ihrer pechschwarzen Mähne über den Strand davongelaufen. Gelacht hatte sie, und ihre Zähne hatten weiß geglänzt, so blendend weiß wie die Häuser in der Glut der Sonne.

Als er sie eingefangen hatte, tanzte Caterina die Pizzica mitten in dem Platzregen, der sich vom Himmel ergoss. Und er mit ihr. Wie die Pizzicari beim Fest von Santu Vito.

Sie tanzten. Die Füße im Sand, ihre Arme, die sich streiften.

Sie tanzten. Die Augen fest aufeinandergerichtet, ihre Hände, die sich berührten.

Sie tanzten. Und zwischen Schweiß und Regentropfen fanden sich einen Augenblick lang ihre Lippen. Der erste Kuss. Wer vergaß den je?

»Warum läufst du weg?«, hatte Lorenzo ihr nachgerufen.

»Es ist schon spät«, hatte Caterina geantwortet, zitternd wie Espenlaub.

»Sehen wir uns nächsten Sonntag?«
»Am Meer können wir uns nicht mehr sehen, wir reisen ab, zurück ins Dorf«, antwortete sie und zog sich das T-Shirt über.
»Wann dann?«
Sie war schweigend zum Fahrrad gestapft.
»Wann sehen wir uns?«, hatte Lorenzo noch einmal gefragt.
Sie hatte ihn angelächelt, dann war sie losgeradelt.
»Caterina!«, hatte er gerufen und war ihr nachgelaufen.
Caterina warf ihm mit den Fingerspitzen einen Kuss zu und fuhr durch den strömenden Regen davon.

Lorenzo war benommen. Wein hatte er getrunken, das war er nicht gewöhnt, er war ihm zu Kopf gestiegen, und dazu die Hitze. Er lag zwischen den Sonnenblumen, die sich im Wind wiegten. Seit einer Stunde schon. Unruhig war er. Der Kopf schwirrte ihm. Er hatte Angst.
Angst wovor?
Er wusste es nicht.
Wein hatte er getrunken. Aber doch nur ein Glas. Davon schwirrte einem nicht der Kopf.
Was war los? Was war in dem Wein gewesen?
Lorè, was ist das für eine Geschichte?
Lorè, was tust du da?
Lorè, bist du sicher?

Und der Kopf schwirrte ihm.
Zum Teufel mit dem Fest von Santu Vito. Zum Teufel mit der Pizzica. Zum Teufel mit dem Wein, den sie ihm eingeflößt hatten, um ihn reinzulegen.

Unterdessen

Auf der Landstraße.
In einem der Lastwagen, die dicht aufeinander folgten.
In der schweißtreibenden Hitze des Tages.
Während die Sonne langsam hinter dem Muntagnone unterging.
»Mè, Prufessò, hab ich nicht gesagt, dass man für so was kein Studium braucht?«
»Fahr schon, Mimmù, pass auf die Straße auf.«
»Dreißig Riesen für jeden, Prufessò. Mindestens.«
»Hör auf zu quatschen, das ist zu heiß, fahr einfach.«
»Was soll die Panik, Prufessò? Wir haben's geschafft.«
»Du schwatzt zu viel.«
»Und du machst dir zu viel Sorgen.«
»Hoffen wir's.«
»Ach Quatsch. Wir sind auf Jahre fein raus.«
Dummenico saß mit der Zigarette im Mund am Steuer, fröhlich und zufrieden. Er dachte an seine Kleinen zu Hause, fast war ihm selbst zumute wie einem kleinen Jungen. Endlich wieder aufatmen.
Der Professor hingegen machte sich Sorgen. Er traute dem Frieden nicht. Ihm kam das alles zu einfach vor. Er war von Natur aus skeptisch. Außerdem beunruhigte ihn etwas. Dieser Lärm, den er nicht ein-

ordnen konnte. Mal schien er weit weg, dann wieder ganz nah. Dann war er plötzlich wieder weit weg.
»Was ist das für ein Lärm? Hörst du das?«
»Was is' los mit dir, Prufessò? Willst du 'ne Kippe?«
Aber das Geräusch gefiel dem Professor nicht. Schon verfluchte er sich, diesen Quatsch mitgemacht zu haben. Schon verfluchte er den Schrecken, der ihm von nun an jedes Mal in die Glieder fahren würde, wenn das Telefon klingelte. Wenn es an der Tur klopfte. Den Schlaf, der nicht mehr kommen würde.
Und das alles für ein bisschen Geld? Dann lieber kein Geld als diese Qualen.
Aber jetzt war es zu spät, die Dummheit war passiert.
»Sag schon, Prufessò, was machst du mit deiner Kohle?«
»Beruhigungstabletten kaufen, Mimmù.«
»Mè, Prufessò, du bist wirklich der totale Pessimist.«
Der Professor antwortete nicht. Das Geräusch ging ihm nicht aus dem Kopf. Jetzt kam es näher. Er kurbelte das Fenster runter und steckte den Kopf raus, schaute umher, sah aber nur Olivenbäume. Er drehte sich nach hinten, aber da war bloß die endlose Schlange von Lastwagen. Vor ihnen ging die Sonne unter.
Nichts.
Einbildung.

Panisch wie ein altes Weib war er.
Dann kam er darauf, nach oben zu schauen.
Und sah ihn.
Und verfluchte sämtliche Dorfheilige.
Hatte er doch gewusst, dass Dummenico zu viel schwatzte. Was für ein wunderbarer Einfall! Dass sie wirklich geglaubt hatten, dem Schicksal ein Schnippchen schlagen zu können. Jetzt waren sie dran, wie die Nutten. Verdammte Scheiße. Heilige, untröstliche Jungfrau und Gottesmutter Maria!
Er versuchte, sich irgendwie am Riemen zu reißen, und trocknete sich den Schweiß ab, der ihm über die Stirn rann.
»Prufessò, was ist – geht's dir gut?«
»Sobald du in die Felder abbiegen kannst, runter von der Straße«, sagte der Professor mit einer Stimme, die entschieden wirken sollte, ihm aber im Hals stecken blieb.
»Was schwallst du da, Prufessò?«
»Die sind hinter uns her.«
Dummenico schaute in den Spiegel.
»Ich seh niemanden, Prufessò. Warum legst du dich nicht lang und schläfst 'ne Runde?«
»Da oben, Mimmù.«
»Wo oben?«
»Die haben uns 'nen Hubschrauber auf den Hals gehetzt.«
»'n Hubschrauber? Was redest du da?«

»Mach schon, runter von der Straße, sonst kriegen die uns.«

»Um Himmels willen, 'n Hubschrauber? Bist du sicher?«

»Ganz ruhig.«

»Die kriegen uns dran, Prufessò. Die kriegen uns dran.«

»Mimmù, fahr weiter, und da vorne nach dem Schild ab in die Felder.«

»Was sollen wir denn da?«

»Uns verstecken.«

»Was sag ich bloß Rosetta, wenn die uns schnappen? Was soll ich ihr denn sagen, Prufessò, verdammt?«

»Weißt du was, Mimmù, hier geht doch gleich das Fest von Santu Vito los.«

»Ja und, was nützt uns das verdammte Fest?«

»Da kommen sie aus allen Dörfern. Zur Prozession und zur Pizzica. Sogar von weit weg, wegen der Musik und den Pizzicari. Wenn wir uns unter die Leute mischen, kriegen die uns nie im Leben.«

»Prufessò ...«

»Setz den Blinker, Mimmù. Und halt die Fresse, wenn du deine Rosetta wiedersehen willst.«

Das Mofa mit den drei Jungs

»Mè, kuck mal, sogar 'n Hubschrauber«, rief der, der hinten auf dem Mofa hockte und den sie Capa di Ciuccio nannten, Eselskopf. Sein Hintern hing halb auf dem Gepäckträger, er kippte den Primitivo.

»Da oben würd' ich gern mal 'ne Runde drehen, du nicht, Cicciariè?«, rief der Eselskopf.

»Ich hätt' mehr Lust auf was anderes«, antwortete Cicciariello, der in der Mitte hockte und den dritten Joint drehte.

Das Mofa mit den drei Jungs tuckerte langsam durch den Olivenhain am Fuß des Muntagnone, über Staub und Ziegenkacke, unter der Sonne, die alles austrocknete.

»Glaubste, die kommt?«, fragte Capa di Ciuccio und rieb sich den Schwanz, der bei dem Gedanken hart wurde.

»Pass auf, wo du dich hier mit deinem Ständer reibst«, sagte Cicciariello und stieß ihm den Ellenbogen in den Magen.

»Wofür hältst du mich, 'ne blöde Schwuchtel?«

»Wer weiß, bei so 'nem Esel wie dir.«

»Cicciariè, kommt die oder hat der Schuster Scheiße erzählt?«

»Ich glaub, die kommt.«

»Jetzt wird gefickt«, sagte Capa di Ciuccio.
»Und wie jetzt gefickt wird«, sagte Cicciariello.
»Mè, könnt ihr keine zwei Minuten über was anderes reden?«, fragte Fellone, der ganz vorn versuchte, sich zu orientieren.
»Was denn, die legen wir doch flach, oder nicht?«, fragte Cicciariello.
»Ich leg die flach«, betonte Fellone.
»Und wir?«, fragte Capa di Ciuccio.
Fellone spuckte in den Staub.
»Zuerst ich«, sagte er.
»Alles klar, Fellone«, beeilte sich Cicciariello zu sagen und gab ihm den Joint.
Fellone nahm zwei tiefe Züge und sagte dann: »Wir sind da.«
Er zeigte auf den Teich.
Cicciariello und der Eselskopf reckten die Köpfe und sahen am Ende des Weges, zwischen den Olivenbäumen, die in Reih und Glied Spalier standen, das unendliche Gelb der Sonnenblumen. Sie flatterten im Wind wie ein riesiges Tuch.

Auf der Party von Caetano Corona

Es war Anfang Juni gewesen. Auf der Party zum fünfzigsten von Caetano Corona, dem Bürgermeister, Cicciariellos Vater. Party nannte er es, weil das moderner klang. Mit Modernisierung hatte er nämlich die Wahl gewonnen. Aber das waren nur Flausen, mit denen er den Menschen den Kopf vernebelte, damit alles so blieb, wie es war.

Genauso war es mit der Party.

Unter den Lichtern, die an den Olivenbäumen der Masseria blinkten, war alles wie immer. Das kleine Orchester, das spielte, und die Lautsprecher, die die Musik bis zur Kirche von Santu Vito trugen. Das Feuer, das im Hof brannte und auf dem Salsiccia und Koteletts gegrillt wurden. Die Tafel, die sich bog unter Friselle, Oliven, Tomaten, Käse und so zarter Burrata, dass man sie schlürfen konnte. Und schließlich die Weinfässer, deren Hahn man nur aufdrehen musste, um das Glas zu füllen und dunkle Gedanken zu verscheuchen.

Caterina und ihre Cousine lachten und aßen Friselle. Fellone, der sie eingeladen hatte, gockelte um sie herum.

Oben auf der Bühne spielte Musik, wie man sie von Dorffesten kennt, nichts für junge Leute.

Seit Beginn des Schuljahres schwirrte Fellone um Caterina herum wie eine Wespe um ein Zuckerbrot. Seit er bemerkt hatte, dass aus dem Mädchen eine Frau geworden war. Und er das Bedürfnis hatte, ihr die Hand auf den Hintern zu legen, wofür er sich eine Ohrfeige gefangen hatte, von der ihm immer noch der Schädel dröhnte.

Fellone war besessen von ihr und verfolgte sie wie der Teufel die arme Seele.

»Mè, Caterì, Fellone trägt dich auf Händen wie eine Königin«, sagte Pina, die nicht fassen konnte, dass ihre Cousine und nicht sie mit ihrem weizenblonden Haar so ein Glück hatte.

»Caterì, gut sieht er auch noch aus, wieso nimmst du den nicht?«, beharrte Pina, die Caterina mochte, aber nicht verstand, was in ihr vorging.

Caterina wusste nicht, was sie sagen sollte. Sie liebte Bücher. Fellone war keiner, der den Seiten eines Romans entstiegen sein konnte. Sein drohender Blick gefiel ihr nicht. Auch nicht der Geruch von Rauch, der ihn umgab. Und genauso wenig seine Art, immer alles zu kriegen, was er wollte. Sie grüßte ihn widerwillig, weil es sich so gehörte. Manchmal aus Angst.

Ohne allzu vertraulich zu werden. In der Hoffnung, dass er sie bald leid war.

Aber Fellone war stur. Früher oder später bekam er, was er wollte. Und nachdem er sich die Ohrfeige ein-

gefangen hatte, entschied er, Caterina ordentlich ranzunehmen.
Es eilte ja nicht.
Je mehr Zeit verging, umso weicher und schöner würde sie.
Aber jetzt war er gekommen, der Moment.
Deshalb hatte er sie auf die Party eingeladen. Um sie zu beeindrucken, mit seinen Markenklamotten und dem Gold, das ihm um den Hals baumelte. Um sie mit seinen Witzen zum Lachen zu bringen. Er, der tolle Hecht in seinem schicken Hemd. Um ihr ab und zu die Hand auf die Schulter zu legen, unter dem Vorwand, ein paar Scherze zu erzählen. Um ihr immer wieder ein Glas Minzwasser zu bringen, in das er heimlich Likör kippte. Er wollte sie gefügig machen. Und die Aprikose pflücken, wenn sie reif war.
Währenddessen bat Caetano Corona die Musiker, die Pizzica zu spielen, weil er mit seiner Frau vor dem knisternden Feuer tanzen wollte.
Das war der Moment, in dem Caterina den Jungen auf der Bühne bemerkte: Er war dunkel wie ein Mohr und hatte ein weißes T-Shirt an, das zu groß war und ihn noch dunkler aussehen ließ. Überrascht sah er aus, so als wäre ihm die Tammorra, sein Tamburin, durch Zufall in die Hände geraten. Die anderen Musikanten gaben ihm ein Zeichen zu spielen, er war dran.
Aber er rührte sich nicht.

Er schien sie anzuschauen.
Erst tat er Caterina leid. Deshalb hatte sie ihm zugelächelt. Und kurz darauf, als die Pizzica Feuer fing, hatte sich der Junge einen Ruck gegeben und angefangen, die Tammorra zu schlagen. Erst zaghaft, als hätte er Angst, sie könnte kaputtgehen. Dann immer mutiger und heftiger. Und während er sie schlug, hatte er angefangen, sich zu bewegen und herumzuspringen.
Als wären die Ketten, die ihn gefesselt hatten, auf einen Schlag zersprungen.
»Wer ist das?«, fragte Caterina.
»Der Enkel vom Schuster, keine Ahnung, wie der heißt«, sagte Pina. »Wieso, interessiert er dich? Der?«
Caterina hatte nicht geantwortet.
Sie starrte den Jungen immer noch an, der schneller und schneller sein Tamburin schlug und tanzte.
»Caterì, ein Schusterjunge, was willst du mit dem?«, hatte die Cousine geflüstert, die sich nur für Jungen mit gut gefülltem Portemonnaie interessierte.
»Wenn man als Schuster zur Welt kommt, heißt das ja nicht, dass man auch als Schuster stirbt«, antwortete Caterina.
Eine Stunde lang beobachtete sie, wie er die Tammorra schlug und wie ein Besessener tanzte.
Und unter den blinkenden Lichterketten erschien er ihr wie der schönste Prinz.

Lorenzo sah sie jeden Tag in der Schule. Manchmal auch im Kino. Und einmal hatte er sie sonntags im Park vor der Kirche Santu Vito getroffen, allein hatte sie auf einer Bank gesessen und gelesen. Wie eine Königin kam sie ihm vor, zu herrlich für ihn. Außerdem scharwenzelte Fellone um sie herum. Der hatte das Geld und das Auftreten, um Mädchen zum Träumen zu bringen.
Er beschloss, sich Caterina aus dem Kopf zu schlagen. Es gab genug, woran er denken musste. Einen Monat lang hatte er Krankheiten vorgetäuscht, um sie nicht mal mehr zufällig zu treffen.
Doch die Krankheit hatte sein Herz schon befallen. Da konnte er sich noch so sehr bemühen, in Gedanken war er bei dem Mädchen.
Immer.
Wäre da nur nicht die Schüchternheit, die Lorenzo verschlang.
Seine Worte stolperten ins Leere, er konnte sich nicht ausdrücken. Doch genau wie sein Großvater, der Schuster war, aber auch der beste Akkordeon-Spieler der umliegenden Dörfer, vom Muntagnone bis hinab ans Meer – wie sein Großvater hatte Lorenzo die Musik im Blut. Mit Musik konnte er sprechen.
»Du kommst heute mit zur Party vom Bürgermeister«, hatte der Großvater am Morgen gesagt.
»Was hat ein Schuster da zu suchen«, wollte Lorenzo wissen. Keine unberechtigte Frage.

»Mit Geld kannst du alles kaufen, nur Begabung nicht«, hatte ihm der Großvater erklärt.
Also war Lorenzo auf die Party von Caetano Corona gegangen. Weiß gekleidet, die Tammorra in der Hand und glücklich, das erste Mal vor Publikum zu spielen.
Er stand auf der Bühne und wartete auf seinen Einsatz – und dann sah er Caterina. Ihre schwarze Mähne. Ihr Lächeln, weiß wie die Häuser, die in der Glut der Sonne glänzten.
Und er sah Fellone, der wie üblich um sie herumschwirrte. Ihr ein Glas Minzwasser brachte. Die Hand auf ihre Schulter legte.
Der irgendwas zu ihr sagte.
Und sie, die lachte.
Plötzlich überfielen ihn Höllenqualen. Nur noch weg wollte er, nicht mehr sehen müssen, was er sah.
»Spiel, Lorè«, hatte der Großvater gesagt, »spiel, die Tammorra ist dran.«
Nichts.
Als ob er taub wäre.
Er konnte den Blick nicht von ihr wenden.
Bis irgendwann, keiner weiß, warum und wie, Caterinas Blick seinen traf. Und sie lächelte. Da war Lorenzo aufgewacht und hatte die Tammorra geschlagen. Am Anfang etwas unsicher, dann immer bestimmter. Schließlich begann er, sich zu bewegen und zu tanzen.

Und als er sah, dass Caterina ihn anstarrte, schlug er sie noch fester.
Als er sah, dass sie verzaubert war, tanzte er schneller.
Er tanzte und schlug die Tammorra eine ganze Stunde lang.
Wie in Trance.

Fellone musste sie schütteln, weil sie nicht antwortete.
»Was ist?«, fragte Caterina kurz angebunden, als sie endlich bemerkte, dass jemand an ihrem Arm zerrte.
»Komm, wir tanzen«, sagte Fellone.
Ziemlich nervös, weil die Musik sie so in ihren Bann schlug und sie ihn gar nicht beachtete.
»Keine Lust«, antwortete Caterina.
»Warum?«
»Darum.«
»Was gibt's eigentlich auf der Bühne zu sehen?«
»Kapierst du eh nicht.«
Den Ton war Fellone nicht gewohnt.
Er packte sie am Handgelenk.
»Das reicht!«
»Lass mich!«
Mit einem Ruck hatte sie sich losgerissen.
Fellone hatte mit dem Finger auf sie gezeigt und etwas sagen wollen. Aber in diesem Augenblick trugen sie die Geburtstagstorte für Caetano Corona rein,

eine Torte so groß wie das Portal der Kirche von Santu Vito Liberatore. Die Musik verstummte, und alle versuchten, zur Torte zu kommen; und wie die Strömung eines Flusses Zweige wegträgt, so rissen die Gäste Fellone mit. Er schrie etwas Unverständliches, mit erhobenem Zeigefinger und wütendem Gesicht. Caterina aber hatte sich gegen die Mauer gedrückt. Zentimeter um Zentimeter stemmte sie sich gegen den Strom der Gäste und gelangte schließlich hinter die Bühne. Sie winkte Lorenzo, winkte ihn zu sich.
Und er kam.
Verschwitzt.
Atemlos vom Tanzen und vor Aufregung, dass sie vor ihm stand.
»Du schlägst die Tammorra gut.«
»Danke«, sagte er und wurde rot.
»Wie heißt du?«
»Lorenzo.«
»Ich heiße Caterina.«
»Seit September weiß ich, wie du heißt«, sagte Lorenzo.
Caterina musste lächeln.
Und während sie lächelte, stieg auch ihr die Röte ins Gesicht.

Caterina und Lorenzo

Nachdem sie sich kennengelernt hatten

Sonntagmorgens um neun stieg Lorenzo in den Bus nach Roccelle und setzte sich nach vorn. Er schaute gern aus dem Fenster, während der Bus aus dem Dorf die Serpentinen des Muntagnone hinaufkroch. Waren sie am höchsten Punkt und die Luft nicht zu diesig von der Hitze, konnte er das Blau des Meeres in der Ferne bewundern.

Der Platz ganz vorn gefiel Lorenzo vor allem deshalb, weil er Caterina sehen konnte, bevor sie ihn sah. Jedes Mal war er erstaunt, dass sie an der Haltestelle auf ihn wartete. Ihre Haare flatterten im Wind, ihr weißes Lächeln strahlte.

Wenn er aus dem Bus gestiegen war, küssten sie sich leicht auf die Wange, dann gingen sie zum Baden in eine ruhige Bucht.

Der Strand hatte eine silbrige Farbe und lag etwas außerhalb von Roccelle. Sie waren ungestört, weil dorthin sonst nur Touristen kamen, und keiner kannte Caterina.

Sie schwammen zu den Felsen, kletterten aus dem Wasser und stürzten sich in das klare Blau. Sie tauchten mit weit aufgerissenen Augen unter und schlugen Hand in Hand im Wasser Purzelbäume. Sie ließen

sich mit dem Bauch nach oben von der Strömung bis nach Torre de li Saraceni treiben.
Sie blieben im Wasser, bis sich die Haut an den Fingern runzelte und sie vor Kälte mit den Zähnen klapperten. Dann legten sie sich in den glühenden Sand, um sich aufzuwärmen. Sie erzählten sich, was in der Woche passiert war.
Nach dem Reden kam der Wunsch zu schweigen. Sie schlossen die Augen, und während die Möwen am Himmel schrien, streiften sich ihre Finger gedankenverloren.
Kurz vor eins kehrten sie zurück zur Bushaltestelle. Sie küssten sich auf die Wange, und dann stieg Lorenzo in den Bus und winkte ihr zu, bis der Bus in die Felder abbog und er sie nicht mehr sehen konnte.
Oft wurde es spät, weil sie so viel Zeit wie möglich miteinander verbringen wollten. Dann nahm Lorenzo ihr Fahrrad und fuhr so schnell er konnte zur Bushaltestelle. Und kaum im Bus, ging er zum Fenster ganz hinten und schickte ihr mit den Fingerspitzen einen Kuss.

So hatten sie jeden Sonntagvormittag verbracht, seit Caterina gehört hatte, wie er die Tammorra schlug. Seit sie ihre Schwäche für ihn entdeckt hatte.
Lorenzo hätte sie gern öfter gesehen, aber Caterina war mit der Mutter und den kleinen Geschwistern in Roccelle am Meer, den Sommer über, die Unter-

künfte waren dort noch nicht so teuer. Der Vater kam nur am Wochenende nach Roccelle, er arbeitete für Mino Calasetta, den Bauunternehmer, und an Arbeit mangelte es nie auf den Baustellen.
Lorenzo liebte das Meer, er hatte schwimmen gelernt, als er klein war. Aber seit sieben Jahren war er nicht mehr in die Ferien gefahren.
»Lorenzo, wollen wir uns nicht zwei Wochen am Meer gönnen?«, fragte sein Großvater jedes Mal, wenn sich der August näherte.
Aber Ferien bedeuteten nichts Gutes für Lorenzo. Denn in den Ferien waren seine Eltern verunglückt. Deshalb wollte er auch diesen Sommer im Dorf verbringen. Seinem Großvater in der Schusterwerkstatt helfen. Ihn samstags auf die Dorffeste begleiten, um die Musik zu hören. Und sonntags in den Bus steigen, um Caterina zu sehen.

Aber am letzten Sonntag in Roccelle war alles anders gewesen.

Die Hitze lag schwer über dem Meer und schnürte einem den Atem ab. Die Alten saßen seit sechs Uhr in der Früh unter der Pinie und fächelten sich Luft zu. Sie suchten Abkühlung, wo sie nur konnten.
Vom Muntagnone zogen dunkle Wolken herab, die schon von fern grollten. Lorenzo stieg schweißgebadet aus dem Bus. Aber nicht deshalb hatte Cate-

rina das Gefühl, dass etwas anders war. Als sie das blaue Auge und die aufgeplatzte Lippe sah, wusste sie, dass sie sich nicht geirrt hatte.

Sie erschrak.

Sie wollte wissen, was passiert war.

Lorenzos Antworten waren völlig unsinnig.

Dass ihm ein Ast ins Gesicht geschlagen war.

Dass er vom Fahrrad gefallen war.

Dass sein Großvater ihm eine Ohrfeige gegeben hatte.

»Mè, Lorenzo, für wie blöd hältst du mich?«, fragte Caterina irgendwann.

»Männersache«, murmelte er, ohne sie anzuschauen.

»Wenn das Männersache ist«, antwortete sie wütend, »scher dich zurück ins Dorf, dann hast du hier nichts verloren.«

Er wollte nicht, doch schließlich rang sich Lorenzo dazu durch und sagte es ihr.

Es war am Abend vorher geschehen, als er sich vor dem Schlafengehen die Beine vertreten hatte.

Plötzlich hörte er, wie ihn jemand rief.

»Mè, Schusterjunge, *buonasera.*«

Er hatte sich in der Dunkelheit umgeschaut, dorthin, wo die Stimme herkam. Aber er konnte nicht erkennen, wer da sprach.

»Und deine Tammorra? Hast du die heute nicht dabei?«

Da erkannte er, wer es war.
Er reagierte nicht und ging weiter. Aber er wusste genau, dass es damit nicht getan war.
Dass der Fellone es nicht bei dummen Sprüchen belassen würde.

Der Abend vor dem Kuss

Fellone saß der Abend bei Caetano Corona quer. Zuerst hatte er gar nicht kapiert, was geschehen war. Eine Woche lang lief er Caterina nach, in der Hoffnung, seine Geschenke und Blumen könnten sie erweichen. Er war sogar nach Roccelle gefahren und war dort um sie herumscharwenzelt, und dort hatte sie ihm gesagt, sie wollte ihn nicht mehr sehen, weil sie einen anderen hatte. Da war er böse geworden. Eine Abfuhr konnte Fellone nicht ertragen.

Erst einmal musste er herausfinden, mit wem Caterina zusammen war.

Das dauerte einen ganzen Monat.

Weil für ihn dieser Schusterjunge, der die Tammorra schlug, weniger wert war als Eidechsenscheiße.

An einem Samstagabend fing er ihn im Dunkeln ab. Überzeugt, dass ein paar laute Worte reichten, um ihm einen Schrecken einzujagen und ihn loszuwerden. Cicciariello und den Eselskopf hatte er nicht einmal mitgenommen.

»Mè, Schusterjunge, *buonasera*«, hatte er aus der Dunkelheit gesagt.

Er hatte den Eindruck, dass der Schuster es mit der Angst zu tun bekam, deshalb hatte er großmäulig weitergemacht.

»Und deine Tammorra? Hast du die heute nicht dabei?«
Der Schuster war schneller geworden, abhauen wollte der.
Das jedenfalls dachte Fellone.
Er trat aus dem Dunkel und versperrte ihm den Weg.
»Du spielst gut, Schusterjunge, das hast du sicher schon gehört, oder?«
Der Schuster war stehengeblieben. Er sagte nichts.
Aus Angst, dachte Fellone immer noch.
»Aber du bleibst trotzdem Schuster, dein Leben lang.«
Und schlug ihm zweimal gegen die Schulter, leicht nur. Wieder reagierte Lorenzo nicht. Dem kommen gleich die Tränen, dachte Fellone.
Er packte ihn am T-Shirt und drückte ihn gegen die Mauer.
»Schuster, schlag dir Caterina aus dem Kopf. Kapiert?«
Lorenzo blieb stumm und reagierte nicht.
Wie alle Feiglinge, dachte Fellone.
»Vergiss sie, die nehm ich mir vor!«
Im Dunkel des Abends schien es ihm so, als starrten die Augen des Schusters ihn an. Wütend machte ihn dieser Blick, und ohne groß nachzudenken, schlug er ihm mit der Faust ins Gesicht.
Fellone war ein Jahr älter als Lorenzo. Und hatte Muskeln, die vom Fitnessstudio mächtig aufgepumpt wa-

ren. Aber es sah nur so aus, als hätte Lorenzo keine Kraft und keinen Mut. Schüchtern ja, das war er, aber zäh und nervös wie eine Peitsche. Angst hatte er nur vor Autos, die nachts rasten. In einem Auto, in einer Nacht, waren seine Mutter und sein Vater umgekommen. In einer Augustnacht.

Aber hier gab es keine Autos.

Deshalb kümmert er sich nicht um das Blut, das ihm von der Lippe tropfte, und begann Schläge auszuteilen, die ihre Spuren hinterließen.

Immer weiter schlugen sie aufeinander ein.

Immer weiter, harte Hieben und Haken, mindestens eine Viertelstunde lang, ohne einen Sieger, ohne einen Verlierer.

Bis Mino Calasetta, Fellones Vater, der einen Anruf bekommen hatte, der Schlägerei der Jungen ein Ende setzte.

Lorenzo ging schweigend nach Hause, während Fellone mit Zornestränen in den Augen herumbrüllte und sich nicht beruhigen konnte.

Caterina und Lorenzo
Am Tag des Kusses

Als er ihr alles erzählt hatte, schaute Lorenzo aufs Meer. Er wusste nicht warum, aber er dachte, dass Caterina böse auf ihn sein würde wegen der Schlägerei mit Fellone.

Sie aber sah ihn an, als ob ihre Träume aus Sognafuturo wahr geworden wären. Ihr Herz schlug ohnehin schon für Lorenzo, jetzt stand es in Flammen.

Sie strich leicht über seine Lippen, dort, wo die Wunde war.

Lorenzo drehte sich um und sah, dass sie lächelte. Ein anderes Lächeln, noch schöner als sonst.

Auch er streichelte sie. Von der Hand aufwärts den Arm entlang.

Dann berührte er ihre Schulter.

Sie zitterte ein wenig. Dann sprang sie wie eine Feder hoch und lief auf das Meer zu.

Sie rannte, und ihre schwarzen Haare sahen aus wie eine Mähne.

»Mè, Lorenzo, fang mich, wenn du kannst!«

Sie lachte, und ihre Zähne glänzten weiß wie die Häuser in der Glut der Sonne.

Sie warf sich ins Wasser und schwamm hinaus.

Lorenzo rannte hinterher.

Sie schwammen, und währenddessen zogen die schwarzen Wolken vom Muntagnone herab und verdunkelten den Himmel. Der Donner klang wie Trommelschläge, und die Blitze sahen aus wie Pfeile, die ins Meer schossen.
Lorenzo hatte sie gepackt, und zum Spaß kämpften sie miteinander. Dann biss ihn Caterina, um sich zu befreien, und floh an den Strand, wo keiner mehr war, alle waren schon gegangen. Vom Himmel kam so viel Wasser, als wollte es die Welt überschwemmen. Caterina tanzte die Pizzica unter dem Wolkenbruch. Und Lorenzo tanzte mit ihr. Wie die Pizzicari beim Fest von Santu Vito.
Sie tanzten. Die Füße im Sand, ihre Arme, die sich streiften.
Sie tanzten. Die Augen fest aufeinander gerichtet, ihre Hände, die sich berührten.
Sie tanzten. Und zwischen Schweiß und Regentropfen fanden sich einen Augenblick lang ihre Lippen.
»Warum läufst du weg?«, hatte Lorenzo ihr nachgerufen.
»Es ist schon spät«, hatte Caterina geantwortet, die vor Aufregung wie Espenlaub zitterte, nicht vor Kälte.
»Sehen wir uns nächsten Sonntag?«
»Am Meer können wir uns nicht mehr sehen, wir reisen ab, zurück ins Dorf«, antwortete sie und zog sich das T-Shirt über.

»Wann dann?«
Sie war schweigend zum Fahrrad gestapft.
»Wann sehen wir uns?«, hatte Lorenzo noch einmal gefragt.
Sie hatte ihn angelächelt, dann war sie losgeradelt.
»Caterina!«, hatte er gerufen und war ihr nachgelaufen.
Caterina warf ihm mit den Fingerspitzen einen Kuss zu und fuhr durch den strömenden Regen davon.

Auf der Brücke

Wie Kanonendonner hupte es hinter ihr. Caterina erschrak, schlingerte, kippte nach rechts, die Räder brachen aus und schlitterten über die Kiesel am Randstreifen. Sie bremste, aber das Fahrrad rutschte, unentschieden, ob es unter die Räder des Lastwagens geraten oder über den Rand der Brücke fallen sollte.
Der Lastwagen schoss wie ein Sturm vorbei. Hupend und alle Heiligen des Fegefeuers verfluchend.
Caterina setzte die Füße auf den Boden und stemmte sich mit aller Kraft gegen die Bewegung.
Das Fahrrad brach ein letztes Mal zur Seite aus, schlug gegen den Mast einer Straßenlaterne und blieb stehen.
Caterina bekreuzigte sich und fuhr, als der erste Schreck vorüber war, weiter.

»Mè, Caterì«, hatte der Vater vor drei Tagen gerufen, als sie aus Roccelle zurückgekehrt waren, »ich muss mit dir reden.«
Seine Stimme klang seltsam. Er war in ihr Zimmer gekommen, ohne anzuklopfen. Wütend sah er aus.
»Papà, hab ich was gemacht?«
»Ich hab gehört, der Enkel vom Schuster ist hinter dir her.«

Caterina zuckte mit den Schultern.
»Keine Ahnung.«
»Ich hab gehört, der Enkel vom Schuster gefällt dir.«
»Er ist ein anständiger Junge.«
»Ich hab gehört, du hast den Enkel vom Schuster jeden Sonntagmorgen am Strand getroffen.«
»Wer sagt denn das?«, fragte Caterina, verwundert darüber, dass die Mutter sie verraten hatte.
»Stimmt das?«
»Und wenn schon?«
Der Vater seufzte tief.
»Du darfst ihn nicht mehr treffen«, sagte er mit einer Stimme, die fremd klang.
»Aber warum?«
»Weil ich das nicht will.«
»Und wenn ich ihn trotzdem treffe?«
Zum ersten Mal widersprach sie ihrem Vater.
Der Vater ging auf seine Tochter zu. Kurz sah es so aus, als wollte er ihr etwas sagen. Dann gab er ihr eine schallende Ohrfeige.
Damit hatte Caterina nicht gerechnet.
Sie fasste sich an die brennende Wange.
»Und wenn ich ihn trotzdem treffe?«, fragte sie zum zweiten Mal, ohne den Blick zu senken.
»Dann brech ich dir alle Knochen«, antwortete der Vater mit einem Blick, den sie noch nie bei ihm gesehen hatte. Einem Blick voller Zorn.
Caterina war so in die Gedanken an den Vater ver-

sunken, sie merkte kaum, dass sie das Ende der Brücke erreicht hatte.
Weiter vorne sah sie einen kleinen Lieferwagen, der so abrupt von der Straße abbog, dass er beinahe ein Auto gerammt hätte. Die Reifen des Lieferwagens kreischten, dann verlor er sich zwischen den Feldern in einer weißen Staubwolke.
Caterina schaute sich um und fuhr vorsichtig von der Landstraße ab. Der Weg schlängelte sich zwischen den Olivenbäumen entlang. Hinter ihr verklang der Lärm der Lastwagen, der Gesang der Grillen wurde lauter.
Am Cuzzolara-Teich wurde der Weg enger und staubiger. Dort hinten, wo der Teich aufhörte, lag das Sonnenblumenfeld. Mit den gelben Blüten, die sich nach der Sonne drehten. Und Lorenzo, der auf sie wartete.

Sie bogen nach links ab, die Reifen quietschten. Das Auto, das ihnen entgegenkam, musste bremsen, sonst wären sie zusammengestoßen.
»Langsam, Mimmù, langsam«, sagte der Professor und hielt sich am Türgriff fest.
»Scheiß auf langsam, Prufessò, sonst sind wir am Arsch.«
»Wenn du so weiterfährst, sind wir sowieso am Arsch, auch ohne die«, sagte der Professor.
Dann steckte er den Kopf aus dem Fenster, um zu sehen, ob der Hubschrauber noch hinter ihnen her war. Das Geräusch schien von weiter weg zu kommen, aber er konnte nichts erkennen, weil die Olivenbäume den Himmel verdeckten.
»Hierher können sie uns nicht folgen«, sagt der Professor.
»Was machen wir denn jetzt?«, fragte Dummenico.
»Erst mal die Pistolen und die Nummernschilder loswerden. Dann suchen wir einen sicheren Ort für das Geld und gehen aufs Fest von Santu Vito.«
»Du mit deinem Scheißfest!«
»Nur, um rauszufinden, ob die hinter uns her sind. Wenn das Fest vorbei ist und sich keiner um uns

kümmert, holen wir uns die Kohle und gehen nach Hause.«

»Und was sagen wir, wenn die Carabinieri uns anhalten, Prufessò?«

»Dass wir zum Fest gehen, Wein trinken und tanzen, das sagen wir!«

»Wenn das mal gut geht, Prufessò.«

Der Lieferwagen rollte in einer Staubwolke zwischen den Olivenbäumen hindurch. Weit und breit war kein anderes Auto zu sehen. Und still war es, der perfekte Ort für ihren Plan.

»Stopp, Mimmù«, rief der Professor plötzlich.

»Hier, warum denn?«, fragte Dummenico erschrocken.

»Das ist doch der Cuzzolara-Teich.«

»Und wenn schon.«

»Da schmeißen wir die Pistolen und die Nummernschilder rein.«

»In den Teich?«

»Wohin sonst, da sucht keiner.«

»Und wenn doch?«

»Mè, Mimmù, erst mal is' wichtig, dass die das Zeug nicht bei uns finden.«

Dummenico hielt am Straßenrand und stellte den Motor ab. Niemand war zu sehen. Eine Schlange raschelte unter den Blättern entlang, vom Hubschrauber keine Spur.

»Mach schon«, sagte der Professor und stieg aus.

Während Dummenico die falschen Nummernschilder abmontierte, nahm der Professor die beiden Pistolen und stopfte sie in einen Müllsack. Dazu die Nummernschilder und einen schweren Stein, zur Sicherheit. Er verschloss die Tüte mit zwei festen Knoten und warf sie in den Teich.

Als die Tüte ins Wasser fiel, machte sie ein leises Geräusch.

Einen Moment lang schwamm sie oben.

Dann sank sie auf den Grund.

Auf der Wasseroberfläche breiteten sich drei oder vier kleine Wellen aus und liefen langsam auf das Ufer zu. Gebannt starrten Dummenico und der Professor darauf.

Auf einmal explodierte über ihnen ohrenbetäubender Lärm.

Die Baumwipfel begannen zu zittern, bogen sich zur Seite, und in dem himmelblauen Flecken, der nun sichtbar wurde, erschien der Hubschrauber.

Furchterregend wie ein riesiges geflügeltes Wesen senkte er sich auf den Teich herab.

Der Kopf drehte sich ihm

Die Hitze. Der Wein. Das Schwindelgefühl, alles drehte sich. Und dazu dieser Lärm, ein Hubschrauber oder so.
So konnte er hier nicht zwischen den Sonnenblumen rumliegen, wenn Caterina kam.
Er rappelte sich auf und setzte sich hin.
Im Sitzen drehte sich sein Kopf weniger.
Neben ihm stand das Fahrrad, auf dem Sattel die Tammorra. Eine Ameise krabbelte über seine Hand und kitzelte ihn. Er schüttelte die Hand, atmete tief durch und stand auf.
Und wieder drehte sich alles. Lorenzo wartete, bis es nachließ.
Dann schaute er sich um, aber es war, als hätte er einen Schleier vor den Augen. Ein wenig Wasser im Gesicht, das würde guttun.
Er machte ein paar Schritte. Rechts, das war der Olivenhain, dahinter die Brücke der Landstraße. Der Schleier riss auf, aber den Teich konnte er trotzdem nur mit Mühe erkennen.

»Mè, fratè, grüßt wohl auch nicht mehr, was?«, hatte Fellone drei Stunden zuvor gesagt, als er über die Piazza gegangen war.

Sie saßen unter dem Feigenbaum und rauchten: Fellone, Cicciariello und der Eselskopf. Nach der Prügelei vom Samstag suchte Fellone eine Gelegenheit, weiterzumachen.
»Schweinehitze, wir warten hier, bis es vorbei ist«, sagte Cicciariello.
Auf mich wartet ihr, dachte Lorenzo.
»Kippe?«, fragte Cicciariello.
Er schüttelte den Kopf.
»Schluck Wein?«, fragte Cicciariello weiter.
Er schüttelte noch mal den Kopf.
Der Eselskopf stand auf, zog seine Hosen zurecht, grinste – eine Fratze, kein Lächeln. Als er Anstalten machte, sich auf Lorenzo zu stürzen, packte ihn Fellone am Hemd. Capa di Ciuccio drehte sich um, Fellone schüttelte den Kopf. Dann stand er auf, Capa di Ciuccio setzte sich.
»Nicht schlecht, wie du die Tammorra schlägst«, sagte er. Es klang freundlich.
Nicht schon wieder die Nummer, dachte Lorenzo. Und dass Fellone Verstärkung mitgebracht hatte, weil er allein nicht mit ihm fertig geworden war.
Lorenzo bekam es ein wenig mit der Angst zu tun, aber nicht so sehr, dass er abgehauen wäre.
»Morgen geht's ans Meer«, sagte Fellone.
Was sollte das jetzt?
»Wasserski, Cicciariello hat ein Motorboot«, fuhr Fellone fort.

Er machte eine Pause.
»Kannst mitkommen, wenn du willst.«
Lorenzo dachte, dass die mit Sicherheit nicht unterm Feigenbaum saßen, um ihn zum Wasserski einzuladen. Aber warum dann? Er verstand es nicht, und das machte ihn nervös.

Irgendwann fand er den Teich. Er suchte nach einer flachen Stelle. Dann kniete er auf dem nassen Gras und tauchte den Kopf ins Wasser.
Es war kühl, sofort fühlte er sich besser. Die Hitze wurde erträglich, und als er den Kopf aus dem Wasser zog, drehte sich nicht mehr alles um ihn herum, endlich.
Von fern hörte er den Lärm eines Motorrads. Dann meinte er, ein Fahrrad zu sehen, das von der Brücke rollte. Und irgendwo da oben kreiste der Hubschrauber.

»Mè, fratè, Zunge verschluckt, oder was?«, fragte Fellone und drückte seine Zigarette am Baum aus. Cicciariello und der Eselskopf kicherten.
Lorenzo antwortete nicht.
»Was is' los«, fragte Cicciariello, »zu fein für ein Glas Wein mit uns?«
Lorenzo drehte sich um und ging schweigend über die Piazza davon.
Als er fast auf der anderen Seite angekommen war,

hörte er Fellone rufen: »Ich nehm sie ran, verlass dich drauf.«
Lorenzo wusste, es war besser, nicht stehenzubleiben. Einfach weiterlaufen, nichts sagen.
Aber es ging nicht, er konnte nicht. Er blieb stehen und drehte sich nach Fellone um.
»Macht dir doch nichts, oder?«, fragte Fellone, der ein paar Schritte auf ihn zukam.
Die Sonne brannte vom Himmel. Eine Eidechse huschte zwischen Lorenzos Schuhen hindurch und verschwand unter den Steinen der Piazza.
Fellone setzte seine dunkle Sonnenbrille auf.
Dann sagte er: »Sie ist fällig, heute auf'm Fest nehm ich sie ran.«
Lorenzo wollte sich auf ihn stürzen, aber genau das war Fellones Absicht, das wusste er.
Schweiß rann ihm über die Stirn.
»Sie hat gesagt, sie kann's kaum erwarten.« Fellone machte weiter.
Er musste weg.
Fellone hatte was vor.
Lorenzo rührte sich nicht vom Fleck.
»Aber was interessiert's dich, ihr seid ja nicht mehr zusammen«, sagte der Fellone.
»Doch!«, schrie Lorenzo, als wollte er Fellones Worte zerquetschen.
»Ach ja?« Fellones Lächeln blitzte. »Und wenn ich dir sage, dass du keine Ahnung hast?«

»Doch!«, schrie Lorenzo noch mal, »wir sind zusammen, wir sehen uns heute.«
Lorenzo kam es so vor, als blitzte das Lächeln des anderen noch mehr.
Fellone nahm die Sonnenbrille ab und starrte ihn an wie eine Schlange. »Mè, fratè, was redest du da?«
Lorenzo bereute es, den Mund aufgemacht zu haben. Wortlos drehte er sich um. Er zwang sich, nicht zu rennen.
Zwei Schritte, drei.
Dann packte ihn eine Hand an der Schulter. Und einen Augenblick später wurde er hochgehoben.
Capa di Ciuccio.
»Fratè«, sagte Fellone unter dem Feigenbaum, »was is' los, willst du dich nicht verabschieden?«
Eselskopf schob ihn zurück zum Feigenbaum.
Er stand vor Fellone, der ihn anstarrte, grinsend, ohne eine Spur von Freundlichkeit.
»Ich war zuerst hinter Caterina her«, sagte Fellone.
»Was willst du von mir?«, fragte Lorenzo.
»Mit dir anstoßen, auf uns, von Mann zu Mann, hast ja schließlich bewiesen, dass du einer bist. Ein Glas Wein, dann verschwindest du, wohin du willst, nicht mein Problem.«
Lorenzo glaubte ihm kein Wort. Aber wenn er nein sagte, prügelten sie ihn grün und blau, und er verpasste seine Verabredung mit Caterina.
Ein Glas Wein, warum nicht.

Vielleicht war Fellone gar nicht so ein Dreckskerl. Außerdem kamen in einer halben Stunde die Musiker zur Probe, es bestand also keine Gefahr.
»Meinetwegen«, sagte Lorenzo.

Er stand auf und ging zurück ins Sonnenblumenfeld. Jetzt fühlte er sich besser.
Dann versuchte er sich zu erinnern, was geschehen war, als er mit Fellone Wein getrunken hatte, aber es fiel ihm nicht ein, das Bild war verschwommen. Das Einzige, was er noch wusste, war, dass ihm nach dem ersten Schluck so schwindlig geworden war, als müsste er sterben. Die hatten irgendwas in den Wein getan. Was hatten sie nur vor?
Aus der Tasche nahm er zwei Kaugummis für den Atem. Er schob sie sich in den Mund und schaute sich um.
Einen Augenblick lang hatte er das Gefühl, irgendwo lauerte eine Gefahr, aber dann erschien ihm seine Angst grundlos, und er ging zwischen den Sonnenblumen zurück, getrieben von dem Verlangen, Caterina zu sehen.

Fellone, Cicciariello und Capa di Ciuccio

Das Mofa knatterte um den Teich und erreichte die Sonnenblumen.

»Ganz hübsch, die Blümchen!«, sagte Capa di Ciuccio, als er das Gelb aus der Nähe sich im Wind wiegen sah.

»Schwuchtel«, sagte Cicciariello.

Capa di Ciuccio schaute ihn an und verzog das Gesicht zu einer Grimasse, die einem das Blut in den Adern gefrieren ließ.

»War bloß Spaß«, sagte Cicciariello.

Capa di Ciuccio nahm einen großen Schluck Wein und stierte die Sonnenblumen an.

Cicciariello griff nach Gras und Tabak und baute noch einen Joint.

In der Zwischenzeit versteckte Fellone das Mofa im Schilf. Dann schaute er sich um, suchte eine Stelle, wo die Sonnenblumen hoch standen, und gab seinen Kumpels ein Zeichen, ihm zu folgen.

Fellone war der Boss. Mino Calasetta, sein Vater, war ein dicker Fisch im Baugewerbe. Unaufhörlich floss das Geld in Fellones Tasche. Geld, mit dem er alles kaufte, wonach ihm der Sinn stand. Selbst seine Lehrer in der Schule. Er war in die elfte Klasse gekommen, ohne je ein Lehrbuch geöffnet zu haben. Und das, obwohl seine Mutter Lehrerin war. Als ihr klar wurde, dass ihr Sohn die Lehrer bestach, wusste sie nicht, ob sie vor Scham vom Balkon springen oder die Kollegen anzeigen sollte. Schließlich war sie depressiv geworden und hatte sich ein Jahr krankschreiben lassen, in der Hoffnung, dass die Welt sie vergaß.

Fellone hatte Charisma. Er war siebzehn, und die Mädchen verschlangen ihn mit ihren Blicken. Nicht nur wegen des Geldes und der schicken Hemden. Auch weil er ein lässiger Typ war, immer mit einem Spruch auf den Lippen. Aber vor allem wegen seines Blicks, der an einen Filmstar erinnerte.

Aber Fellone reichte es nicht, Geld zu haben und Erfolg bei den Mädchen.

Tief in seinem Innern fraß etwas an ihm wie eine Krankheit. Eine Wut, eine Wut auf die ganze Welt, er wusste nicht, wohin damit. Deshalb musste er alles, was schön und rein war, in den Dreck ziehen, je tiefer, desto besser.

Das liebte er.

Wie eine Droge war das, befriedigend für den Augenblick, dann begann alles von vorn.

»Capa di Ciù«, sagte Cicciariello und reichte ihm den Joint, »morgen im Boot lass ich dich ans Steuer.«

Der Eselskopf nahm den Joint und zog daran.

»Ich will Wasserski fahren«, sagte er.

»Haste nicht gehört, Fellone will fahren.«
»Ich will es aber probieren«, sagte Capa di Ciuccio.
»Sieht einfacher aus, als es ist.«
»Nur probieren«, sagte Capa di Ciuccio und grinste wieder so, dass einem das Blut in den Adern gefror.
»Wie du willst«, sagte Cicciariello, »aber glotz mich nicht so an!«
Der Eselskopf lachte und trank zufrieden einen Schluck Wein.
Cicciariello ging zusammen mit Fellone in die Klasse, und im Augenblick hätte ihn nicht mal Padre Pio durchfallen lassen. Denn Cicciariello, der Fettsack, war der Sohn von Caetano Corona, dem Bürgermeister. Der vor sechs Jahren gewählt worden war, weil er versprochen hatte, die Steuern zu senken und die Fußballmannschaft in die Zweite Liga zu bringen. Die Steuern waren gestiegen und die Mannschaft war in der Amateurliga gelandet.
Aber Caetano Corona versprach weiter dies und jenes, und da er ein guter Redner war, schluckte man im Dorf alles.
Fellone und Cicciariello hatten sich über ihre Väter kennengelernt, die miteinander Geschäfte machten. Die Jungen hatten sich wie selbstverständlich angefreundet, beide liebten Geld und Protz. Fellone war der Boss, denn er war nicht nur ein Angeber, sondern schlauer und nicht so feige wie sein Freund.
»Wie heißen die Blumen?«, fragte Capa di Ciuccio.

»Sonnenblumen«, antwortete Cicciariello.
»Und warum drehen die sich alle in eine Richtung?«
»Was weiß ich? Vielleicht ist da der Arsch von 'ner Nutte in Sicht«, sagte Cicciariello und lachte.
Capa di Ciuccio, der Eselskopf, hatte nichts mit ihnen gemein. Seinen Vater hatte er nie kennengelernt, die Mutter war drogenabhängig und kriegte gar nichts mehr mit. Er wurde Eselskopf genannt, weil sein Schädel so groß war wie eine Melone. Doch er hatte auch Muskeln an den Armen, die dicker waren als ein Dudelsack. Fellone und Cicciariello schleppten ihn mit sich herum wie einen Pitbull. Wenn sie Leute drangsalierten und Ärger bekamen, fletschte Capa di Ciuccio die Zähne. Er war zu sehr Tier, um Angst vor irgendwas zu haben, nicht mal vor dem Leibhaftigen wich er zurück. Und reichten die Hände nicht, um Schaden anzurichten, zückte er sein Messer. Mit einer dreißig Zentimeter langen Klinge. Und einem Grinsen, dass einem das Blut in den Adern stockte.
»Hier?«, fragte Cicciariello.
»Noch nicht«, antwortete Fellone und starrte weiter in die Sonnenblumen.

Der Hubschrauber

Furchterregend wie ein riesiges geflügeltes Wesen senkte sich der Hubschrauber auf den Teich herab.
»Jetzt kriegen sie uns, Prufessò! Wir sind gefickt wie die Nutten!«, schrie Dummenico.
»Scheiße«, rief der Professor.
»Scheiße«, rief er noch mal und stieg in den Lieferwagen.
Als Dummenico die Tür öffnen wollte, griff er sich ans Herz.
Der Professor kriegte einen Mordsschreck.
»Mimmù!«
Dummenico lehnte am Lieferwagen und hatte immer noch die Hand an der Brust. Der Professor stieg aus dem Auto.
»Mimmù, was is' los?«
Dummenico schnappte nach Luft, als könnte er nicht mehr atmen. Kaum hörbar sagte er: »Das Herz, Prufessò!«
Der Professor rannte zu seinem Freund, um ihm zu helfen. Dummenico drückte die Hand, die der Professor ihm reichte.
In der Zwischenzeit war der Hubschrauber sanft herabgestiegen, und die Wipfel der Olivenbäume und die Büsche duckten sich unter dem Wind.

Dummenico atmete kurz und schnell, der Schweiß lief ihm in Strömen über die Stirn. Der Professor drückte seine Hand fester.

»Is' gleich vorbei, Mimmù, gleich vorbei!«

»Von wegen vorbei, verdammt, Prufessò«, sagte Dummenico.

Der Hubschrauber sank immer tiefer herab. Er war nur noch zehn Meter von ihnen entfernt und wirkte jetzt noch furchterregender. Der Hut des Professors flog weg, seine Haare flatterten im Wind. Selbst Dummenicos Schnurrbart wehte im Wind.

Inzwischen berührte der Hubschrauber beinahe die Wasseroberfläche. Einen Augenblick lang sah es so aus, als wollte er untertauchen. Plötzlich öffnete er seinen Bauch wie ein Maul. Und durch das offene Maul füllte er sich den Bauch mit Teichwasser. Als der Bauch voll war, schloss sich das Maul, und der Hubschrauber stieg in die Luft. Dummenico richtete sich auf, um ihm nachzusehen. So schnell, wie er gekommen war, verschwand er wieder zwischen den Baumwipfeln.

»Dann ... war der gar nicht wegen uns hier?«, fragte Dummenico.

»Nein, der wird wohl gekommen sein, weil es irgendwo am Muntagnone brennt.«

»Wir haben's geschafft«, sagte Dummenico mit einem schmalen Lächeln.

»Vielleicht, Mimmù, vielleicht. Und das Herz?«

»Schon vorbei«, sagte Dummenico und breitete die Arme aus.
»Verdammt, Mimmù. Du hast mir so 'nen Schrecken eingejagt, ich hätte auch fast 'nen Herzkasper bekommen.«
»Wir haben's geschafft, Prufessò!«, wiederholte Dummenico. Er lachte, er hatte Tränen in den Augen, wie angestochen tanzte er herum.
»Mein Gott, Mimmù, was ist los?«, fragte ihn der Professor, der nun auch lachte.
»Die Pizzica will ich tanzen, Prufessò. Komm, wir tanzen, das brauchen wir jetzt.«
Und er fasste den Freund unter dem Arm und fing an, mit ihm um den Lieferwagen zu wirbeln.

Dummenico und der Professor
Neun Monate zuvor

Obwohl es Winter war, wollte Dummenico aus dem Dorf runter ans Meer fahren, um seine Wut abzureagieren. Die ganze Fahrt über hatte der Professor geredet, aber Dummenico reagierte nicht, ließ nicht mal einen Seufzer hören.

Als sie ankamen, war Dummenico aus dem Lieferwagen gestiegen, den Zettel immer noch in der Hand. Er war auf den Felsen geklettert, der am weitesten ins Meer ragte, während der Wind von den fernen Bergen wehte und die Wellen wütend gegen die Küste tobten.

»Sei vorsichtig, sonst holt dich das Meer«, hatte ihm der Professor vom Lieferwagen aus nachgerufen.

»Und wenn schon. Besser wär's«, hatte Dummenico geantwortet.

Und während ihm die Gischt ins Gesicht spritzte, hatte er geweint. Vor Rosetta und den Kindern ging das nicht. Aber hier, zwischen Wellen und Wind, sah ihn keiner. Hier konnte er wenigstens alles rauslassen.

»Mimmù, das wird schon wieder«, versuchte der Professor, der auch aus dem Lieferwagen gestiegen war, ihn zu trösten.

»Das wird 'n Scheiß, Prufessò«, antwortete Dummenico.
Er musste seinen Kredit abbezahlen, hatte drei Kinder, die zur Schule gingen, und Rosetta arbeitete tageweise, wenn es sich einrichten ließ.
»Das wird 'n Scheiß«, wiederholte er.
Er zerknüllte den Zettel, den er immer noch in der Hand hielt und der ihn aus der Fabrik verjagte, stopfte ihn in den Mund und kaute.
»Mimmù, hör zu ...«, sagte der Professor.
»Zuhören, Prufessò? Ich hab dir schon zu lange zugehört. Reden kannst du, das ja, Prufessò. Was hast du nicht alles gesagt. Dass sie das nicht machen können. Dass sie sich das nicht erlauben können. Sonst ist Revolution. Und wo ist sie, Prufessò, wo ist die Revolution? Wo denn? Ich sehe keine Revolution, nur dich und mich, Prufessò. Und das schäumende Meer, in das ich am liebsten springen würde.«
Und hätte der Professor ihn nicht festgehalten, hätte sich Dummenico wirklich in die Wellen geworfen, die an die Felsen donnerten. Für immer wäre er mit den Fischen auf dem Meeresgrund verschwunden.

In derselben Nacht

Das Boot kletterte auf einen Wellenkamm, der Motor stemmte sich gegen die Schläge, jeden Moment schien er ausgehen zu wollen. Und überall die Finsternis der Nacht, die sie verschlingen wollte, der wütende Wind, der unaufhörlich tobte.

Noch einmal kletterte das Boot eine Welle empor, die wie eine unendliche Mauer war.

Der Schwarze und die anderen zehn, die sich das Meer noch nicht geholt hatte, beteten zum Himmel um Rettung. Die Gebete verschlang der Wind, und keiner hörte sie.

Dann stürzten noch zwei ins Wasser, ohne zu wissen, wie ihnen geschah.

Das Boot hatte endlich den Wellenkamm erklommen. Einen Augenblick lang sah man etwas Weißes funkeln. Der Mond, der in der Ferne auf dem Meer trieb. Dann schoss das Boot so schnell herab, dass es zu stürzen schien. Der Schwarze schrie vor Angst, aber die Kälte ließ den Schrei gefrieren, und nur ein Klagelaut entfuhr ihm, der sich in der Gischt verlor.

Das Boot schlug auf dem Bauch des Meeres auf. Eine Welle wusch über das Deck und ließ das Holz aufseufzen, dann stieg das Boot wieder empor.

Der Schwarze fragte sich, ob diese Reise in die Fins-

ternis besser war als der Krieg in seinem Land. Diese Reise, die vielleicht nirgendwohin führte.
Bevor er sich die Frage beantworten konnte, hob eine wütende Welle das Boot und schleuderte es gegen den Himmel.
Einen Augenblick lang war es ein Vogel, der eine Pirouette drehte.
Dann schlug es auf und brach genau in der Mitte entzwei.
Während das Meer eindrang und das Boot in die Tiefe zog, schoss dem Schwarzen durch den Kopf, dass der Krieg besser war als diese Reise, die nun zu Ende ging. Aber er bereute nicht, sie angetreten zu haben, jeden ereilt das Schicksal, und dieses hier war seins.
Er schmeckte das Salzwasser im Rachen.
Dann zog es ihn nach unten, er bekam keine Luft mehr.
Die Wellen schlugen über ihm zusammen.
Und im selben Moment spürte er verwundert, dass er Boden unter den Füßen hatte. Das glänzende Weiß vor ihm, es war nicht der Mond, sondern ein Strand, der ihn ausgebreitet empfing.

Die Tränen und die Wut, als er am Meer stand, sie waren nur ein vorübergehender Ausbruch gewesen. Dummenico war keiner, der sich von Sorgen kleinkriegen ließ. Auch, wenn er auf die fünfzig zuging und sein Herz manchmal ein paar Schläge aussetzte. Auch wenn ihn die Ungerechtigkeit, seine Arbeit verloren zu haben, quälte. Und das Joch, in schweren Zeiten ohne Arbeit zu sein, schwer zu tragen war.

»Probleme sind dazu da, dass man sie löst«, sagte Dummenico und strich sich über den Schnurrbart. Der immer noch schwarz war, obwohl die Zeit dahinging.

Deshalb war er, kaum war die erste Wut und Verzweiflung verwunden, in die Fabriken gegangen. Und als ihn keiner genommen hatte, hatte er die Ärmel hochgekrempelt und überall angepackt, wo er gebraucht wurde.

Auf Booten, die aufs Meer hinausfuhren zum Fischen. Auf Baustellen, schwarz bezahlt, zusammen mit Rumänen und Albanern. Auf Tomatenfeldern, zusammen mit Afrikanern.

Neun Monate lang hatte sich Dummenico so durchgeschlagen. Ohne ein einziges Mal zu klagen. Ohne Rosetta jemals die Mutlosigkeit zu zeigen, die ihn

ab und zu überkam. An Zigaretten, am Wein, an seinen Herzmedikamenten und sogar an Unterhosen hatte er gespart, um den Kinder ihr täglich Brot zu geben. Aber Rosetta spürte es, wenn ihn der Mut verließ. Sie ließ sich nichts anmerken, um ihn nicht noch mehr zu entmutigen, und weil sie wusste, dass er kein Mitleid mochte.
Nur im Bett spielten sie einander nichts vor. Und wenn die Schufterei und die Müdigkeit ihnen etwas Raum ließen, schmiegten sie sich aneinander, und in dieser halben Stunde blieben alle Probleme draußen.

Aber ein fester Wille und ein sturer Kopf ohne ein Quäntchen Glück sind wie Staub, den der Scirocco wegbläst.
Die Krise auf dem Arbeitsmarkt wütete weiter. Die Reichen wurden reicher, und die Armen verloren das Wenige, das sie beiseitegeschafft hatten. Anfang August, als die Hitze sogar die Gedanken lähmte, war es so weit: Dummenico fand nicht einmal mehr Arbeit als Tellerwäscher oder Saisonkellner. Und als er zur Bank ging und auf seinem Konto nachsah, waren ihm noch vierhundert Euro geblieben. Zu wenig für die nächste Kreditrate, viel zu wenig zum Leben.
Er spürte, wie sein Herz einen Moment lang aussetzte. Dann schlug es wieder regelmäßig, und er wollte allein sein, um nachzudenken.

Er kaufte sich Oliven, ein Stück reifen Pecorino, ein Viertel Holzofenbrot und eine Flasche Primitivo. Und stieg den Muntagnone hinauf.
Er brauchte drei Stunden, um auf den Gipfel zu gelangen, atemlos und mit schweißnassem Hemd.
Die Hitze war selbst auf dem Muntagnone spürbar. Der Scirocco blies ihm in den Nacken. Ein Sperber tanzte mit ausgebreiteten Flügeln am Himmel, wie in einem Traum.
Bevor er aß, bewunderte er die weite Aussicht über die sonnenverbrannte Landschaft. Durch die Felder führte die Straße, die jetzt verlassen dalag. Wie ein schwarzer Fluss wand sie sich über Anhöhen und Abhänge, bis weit hinunter zum fernen Meer.
Dummenico setzte sich in den Schatten einer Buche und aß eine Olive nach der anderen, ab und zu spülte er mit einem Schluck Primitivo nach. Dann aß er das Brot und den Käse.
Als er fertig war, drehte er sich eine Zigarette und rauchte sie gedankenverloren, während der Sperber weiter am Himmel tanzte.

Dummenico begann den Abstieg erst, als die Sonne fast untergegangen war. Die Hitze nahm ihm immer noch den Atem. Auf der Straße fuhren langsam die Lastwagen, beladen mit Tomaten.
Plötzlich vernahm Dummenico einen Schrei, der aus dem Himmel kam. Er hob den Kopf und sah, wie der

Sperber die Flügel schloss, sich blitzschnell in das Feld stürzte und dabei die Bäume des Muntagnone streifte.
In diesem Augenblick, als er den Sturz des Sperbers sah, entschied Dummenico, was zu tun war.

Der Professor

Der Professor sagte, dass sie die Geschichte mit der Krise nur aufbauschten, um Arbeiter zu entlassen und ihre Fabriken woanders aufzumachen. Aber er sagte auch, dass sie das nicht durften. Denn wenn sie anfingen, Leute zu entlassen, würden die Arbeiter auf die Straße gehen und protestieren. Mit den Arbeitern würden die Studenten und die Professoren auf die Barrikaden gehen, danach die Beamten und die Zeitarbeiter, und spätestens dann wäre die Revolution da.

Der Professor konnte gut reden, daran bestand kein Zweifel. Er konnte gut reden und glaubte an das, was er sagte.

Doch als im Norden die ersten Abfindungen gezahlt wurden und man einen Solidaritätsstreik organisierte, gingen nur dreihundertfünfzig von zwölftausend auf die Straße. Und genau diese dreihundertfünfzig bekamen eine Woche später die Kündigung.

Es war ein harter Schlag für den Professor und seine Philosophie. Als die Krise begann, ging es dem Professor ein wenig besser als seinem Freund. Erstens lebte er allein und musste nur sich selbst durchbringen. Zweitens hatte er keinen Kredit abzubezahlen, und die Miete war niedrig.

So war es anfangs, doch dann wurde alles anders. Denn der Professor hatte kein Feuer in sich wie sein Freund. Er war auch nicht der Typ, der sich den Rücken krumm machte, um Tomaten zu pflücken oder zu kellnern. Er hatte sich auf einige Anzeigen in der Zeitung gemeldet, das ja. Und er hatte drei oder vier Bewerbungen an Firmen in der Gegend verschickt. Aber danach hatte er aufgegeben. Der Zweifel hatte ihn gepackt, nachdem eine Fabrik nach der anderen schloss, ohne dass die Revolution losbrach. Und die Einsamkeit fraß ihn langsam auf. Umso mehr, als Dummenico, sein bester Freund, immer mit irgendeiner Aushilfsarbeit beschäftigt war, um das Geld zum Überleben zusammenzukratzen, und sie kaum noch Zeit hatten, sich zu sehen.

Und so verbrachte er seine Tage auf dem Balkon, im Schoß ein Buch, oder er spielte vor dem Fernseher mit der Fernbedienung herum.

Allein, wie er war, verlor er den Lebensmut.

Um die Traurigkeit zu überwinden, reiste er in den Norden, zu seinem einzigen Sohn, aber der hatte gerade eine neue Freundin und schien nicht besonders erfreut über seinen Besuch. Nach dem ersten Abend ging er in eine Pension.

Als die Einsamkeit immer schwerer auf ihm lastete, erlag der Professor der Versuchung, auf den Friedhof zu gehen und mit Dorina zu sprechen, seiner Frau, die vor sechs Jahren gestorben war. Aber er wusste,

dass er sein Leben nicht im Gespräch mit den Toten verbringen konnte.
Als sich gerade dumme Gedanken einzunisten begannen, rief ihn Anfang August Dummenico an und lud ihn zum Abendessen ein.
Der Professor konnte es kaum glauben, mit einer Menschenseele ein paar Worte wechseln zu können, und vor lauter Glück kaufte er eine Kiste guten Primitivo für den Freund.

Das Abendessen Anfang August

Dummenico hatte im Hof gedeckt, unter den Sternen. Mit dem verbliebenen Geld hatte er Rosetta und die Kleinen auf einen Campingplatz am Meer geschickt. Die Kleinen sollten etwas Sonne abbekommen, seine Frau sollte glauben, es sei alles in Ordnung. Und er wollte mit dem Freund allein sein. Er wollte mit ihm über das reden, was ihm auf dem Muntagnone eingefallen war.
Pünktlich um acht kam der Professor mit dem Wein. Dummenico zog gerade eine Auflaufform mit Kartoffeln, Reis und Miesmuscheln aus dem Ofen. So groß, dass sechs davon satt geworden wären, und so wohlriechend, dass sogar die Toten Appetit bekämen.
Sie hatten sich ohne Umschweife an den Tisch gesetzt und über die unglaubliche Hitze gesprochen. Dann hatten sie kurz über Fußball diskutiert und sich schließlich auf die Politik gestürzt.
Um zehn war die Auflaufform leer. Drei der sechs Flaschen Primitivo waren getrunken. Jetzt waren sie bei der vierten und prosteten sich zu. Und je mehr Wein durch die Kehle rann, umso persönlicher wurden die Gespräche, bis sie schließlich gegen elf über sich sprachen.

»Mimmù, jetzt mal ehrlich, wie stehen die Dinge?«
»Zähne zusammenbeißen und Arsch zusammenkneifen, Prufessò.«
»Arbeit?«
»Nicht mal als Tellerwäscher.«
»Und kann Rosetta hier und da was machen?«
»Rosettas Rücken ist hinüber, sie kann nicht mehr putzen gehen.«
Der Professor füllte die Gläser.
»Und wie schlägst du dich, Prufessò?«
»Hab noch was beiseitegelegt. Aber das ist doch kein Leben.«
»Und wie machen wir dieses Schiff wieder seetauglich, Prufessò?«
»Wenn ich das wüsste, Mimmù! Ich liege Nacht für Nacht wach, um einen Weg zu finden. Aber sosehr ich mir auch das Gehirn zermartere, mir fällt nichts ein.«
Dummenico trank einen Schluck Wein.
»Ich zeig dir jetzt was, Prufessò.«
Er zog einen vierfach gefalteten Zettel aus der Hosentasche.
»Was ist das?«, wollte der Professor wissen.
»Ein Lottoschein«, antwortete Dummenico und legte den Zettel auf den Tisch.
»Spielst du jetzt Lotto?«
»Fünf Euro.«
»Hast du gewonnen?«

»Wenn ich gewonnen hätte, hätte das bis Weihnachten gereicht –«
»Gar nix?«
»Nicht mal eine Zahl.«
»Lotto, Mimmù, ist das die Lösung?«
»Prufessò, seit neun Monaten versuche ich alles Mögliche.«
»Ich weiß.«
»Wenn ich am 28. die Rate nicht zahle, nehmen sie mir das Haus weg.«
»Eine Rate kann ich dir leihen.«
»Und am 28. danach geht alles von vorn los.«
»Kann sein, dass sich bis dahin der Wind dreht.«
»Ein Scheiß dreht sich, Prufessò.«
»Was willst du tun, Mimmù?«
Dummenico trank sein Glas leer.
»Prufessò, hast du 'ne Ahnung, wie viele Leute Lotto spielen?«
»Viele. Aber was interessiert dich das?«
»Am Samstag habe ich eine halbe Stunde in der Schlange gestanden, um meine drei Zahlen zu setzen.«
»Und hast nicht mal gewonnen, Mimmù.«
»Ich hab nicht gespielt, um zu gewinnen, Prufessò.«
»Und warum dann? Um Geld loszuwerden?«
»Um mir den Laden anzuschauen.«
»Den Laden?«
»Die Lottostelle.«

»Was zum Teufel hast du mit der Lottostelle zu schaffen, Mimmù?«
»Kapierst du nicht?«
»Nein.«
»Ausrauben will ich die, Prufessò!«

Der Professor war einen Augenblick lang sprachlos. Dann brach er in ein so schallendes Gelächter aus, dass irgendwo in den Feldern ein Hund vor Angst zu bellen begann.

»Mimmù«, sagte er, als er aufgehört hatte zu lachen, »der Primitivo ist dir zu Kopf gestiegen.«

»Der Primitivo hat nix damit zu tun, Prufessò«, sagte Dummenico ernst.

»Das ist jetzt nicht wahr, oder?«

»Was glaubst du denn?«

»Ich glaube, dass sie dir ins Gehirn geschissen haben, Mimmù.«

»Und was ist dein Ausweg, Prufessò, außer gescheit daherzureden?«

»Anfang September ist in Rom eine Demonstration. Lass uns hinfahren. Lass uns wirklich kämpfen.«

»Scheiß auf den Kampf, das haben wir letztes Jahr hinter uns gebracht.«

»Du musst Geduld haben, um was zu verändern.«

»Verarscht haben sie uns trotzdem. Nicht mal die Abfindung haben wir bekommen, die anderen schon. Weißt du noch, Prufessò?«

»Mimmù, hör mir zu ...«

»Nein, Prufessò, heute Abend hörst du mir zu. Ich

muss am Monatsende meine Rate fürs Haus bezahlen, sonst legen sie mir eine Hypothek drauf. Ja, vielleicht kannst du diesen Monat meine Rate zahlen, danke. Aber bald fängt die Schule an. Wovon soll ich Mariella ihre Schulbücher kaufen? Die Hefte? Die Stifte? Pittuccio ist gewachsen, die Schuhe sind zu klein. Jetzt läuft er barfuß rum, im Sommer, aber barfuß in die Schule schicken kann ich ihn nicht, oder? Seit zwei Jahren bin ich mit Rosetta keine Pizza mehr essen gewesen.«

»Mimmù, wenn alle so denken würden …«

»Interessiert mich ’nen Dreck, Prufessò, was die anderen denken«, sagte Dummenico, schlug mit der Hand auf den Tisch und stand auf. »Ich denk so. Außerdem sind die Gesetze eindeutig, Prufessò, Arbeit ist ein Recht. Was ist mit diesem Recht?«

Der Professor wollte gerade antworten, da fiel ihm Dummenico ins Wort.

»Das ist kein Leben, Prufessò. Das ist eine Bestie, die dir das Herz und jede Hoffnung raubt. Ich will überleben, Prufessò. Und du?«

Der Professor schwieg. Er nahm sein Glas und stand auf, dann ging er zum Zaun und starrte schweigend auf die gelben Lichter der Landstraße in der Ferne.

Dummenico ging zu ihm.

»Prufessò, du bist mir doch nicht böse?«

Auch diesmal antwortete der Professor nicht. Er kippte das Glas in einem Zug und drehte sich zu Dummenico um.

»Mimmù ...«

»Entschuldige, Prufessò, vielleicht war ich zu aggressiv.«

»Mimmù ...«, wiederholte der Professor.

»Mir kocht manchmal das Blut hoch, du weißt doch, wie ich bin.«

»Mimmù ...«

»Vielleicht ist mir der Wein zu Kopf gestiegen. Das nächste Mal ...«

»Verdammt, Mimmù, lass mich zu Wort kommen!«

Dummenico schwieg und der Professor ging zum Tisch. Dann drehte er sich zu dem Freund um.

»Wenn wir diesen Überfall wirklich machen wollen«, sagte er, »müssen wir gut planen, sonst kriegen die uns dran.«

Dummenico war sprachlos.

Er meinte, sich verhört zu haben.

»Ist das dein Ernst?«, fragte er.

Der Professor füllte die Gläser. Dann hob er seins.

»Auf die Lottostelle, Mimmù! Und deinen klaren Kopf!«

Die Lottostelle wird ausgeraubt

Zuerst entschieden Dummenico und der Professor, dass sie sich eine andere Lottostelle suchen mussten. Im Dorf hätte man sie erkannt, sie hätten sich nirgendwo verstecken können. Das hatte Dummenico nicht bedacht.
Zwei Wochen lang klapperten sie sämtliche Dörfer der Umgebung ab. Sie waren kurz davor aufzugeben, als sie am Bahnhof von Muntagnone Lido eine Lottostelle fanden, die wie für sie geschaffen schien.
Sie befand sich im Bahnhofsgebäude. Morgens war sie voller Leute, die nach dem Kaffee Lotto spielten, während sie auf den Anschlusszug zum Meer warteten. Dummenico und der Professor beschlossen, mit dem Zug zur Lottostelle zu fahren. Und den Lieferwagen in der Nähe zu verstecken, damit er keinem auffiel.
Ob sie sich bewaffnen sollten, wussten sie nicht. Schießen kam nicht infrage, aber mit leeren Händen konnten sie dort nicht auftauchen. Schließlich entschieden sie sich für zwei Spielzeugpistolen, die echt aussahen. Und die sie sicherheitshalber in der Provinzhauptstadt hundert Kilometer weit weg kauften.
Sie legten den Zeitpunkt des Überfalls auf halb vier nachmittags, wenn die Lottostelle nach der Mittags-

pause wieder aufmachte. Bei der Hitze würden wenige Leute da sein, alle wären am Meer oder schliefen nach dem Essen.
Am Abend zuvor versteckten sie den Lieferwagen einen halben Kilometer von der Lottostelle entfernt, zwischen Weinstöcken, wo man direkt von den Gleisen aus hingelangte.
Dann gingen sie den Plan dreimal durch und legten sich schlafen.

»Prufessò, ich hab kein Auge zugetan«, sagte Dummenico am nächsten Morgen.
»Und das Schlafmittel, das ich dir gegeben habe?«
»Hab ich genommen, war aber trotzdem wach wie eine Fledermaus.«
Als der Zug kurz vor Muntagnone Lido war, schauten sie einander an.
»Wie fühlst du dich, Mimmù?«, fragte der Professor.
»Wie ein Löwe«, antwortete Dummenico.
Aber seine Hände zitterten, und er schwitzte trotz der Klimaanlage.
»Ich mach mir fast in die Hosen«, sagte der Professor. »Wollen wir's lieber lassen?«
»Nicht mal, wenn sie mich umbringen«, antwortete Dummenico.
Und er zog aus der schwarzen Tasche einen besonders guten Primitivo, der von dem legendären Abendessen übrig geblieben war.

Als sie aus dem Zug stiegen, fühlten sie sich sicherer und wollten es bloß schnell hinter sich bringen.
Sie kamen näher und sahen, wie die Besitzerin den Rollladen hochzog. Vor dem Bahnhofsgebäude waren nur eine Frau, die in ihr Handy sprach, ein Schwarzer mit einer Tasche, der eine Limonade trank, und ein Junkie, der auf einer Bank lag und schlief. In einem Raum saß der weißhaarige Bahnhofsvorsteher am Computer. In der Bar machte die Putzfrau sauber.
Sie näherten sich ohne Eile und gingen aufs Klo, um der Besitzerin Zeit zu geben, den Laden aufzumachen.
»Bist du bereit, Prufessò?«
Der Professor hielt den Daumen hoch.
Sie liefen aus der Toilette zur Tür der Lottostelle, banden sich die Tücher vors Gesicht und gingen hinein.
Die Besitzerin schaltete noch die Automaten ein und bemerkte sie erst gar nicht. Dummenico schloss die Tür zum Laden und stellte sich davor, damit niemand reinkam. Der Professor ging zur Besitzerin und hielt ihr die Pistole unter die Nase.
»Das ist ein Überfall. Nicht schreien, und keine Bewegung, wenn du mit dem Leben davonkommen willst.«
Die Besitzerin schaute erst die Pistole und dann den Professor an.

Es sah so aus, als hätte sie noch nicht verstanden, wie ihr geschah.
»Geld her«, sagte der Professor und hielt ihr die schwarze Ledertasche hin.
Die Besitzerin schaute auch die Tasche an.
Dann begann sie zu schreien.
Der Professor bekam einen Schreck und wäre am liebsten abgehauen.
»Um Gottes willen, halt ihr den Mund zu!«, schrie Dummenico.
Aber der Professor hatte einen noch größeren Schrecken bekommen als die Besitzerin und war starr vor Angst.
Dummenico lief zur Besitzerin und scheuerte ihr dermaßen eine, dass ihr fast der Kopf wegflog.
Sie verstummte sofort.
»Noch einen Mucks und ich schlag dir den Schädel auf wie einen Kürbis«, sagte Dummenico.
Dann gab er dem Professor ein Zeichen, an der Tür nachzusehen, ob jemand kam. Der Professor war noch schockstarr und verstand gar nichts mehr.
»Prufessò, die Tür!«, drängte Dummenico.
Der Professor gab sich endlich einen Ruck und ging zum Fenster, um hinauszuspähen.
»Niemand da«, sagte er.
Dummenico ging zur Kasse und wollte sie öffnen. Aber die war abgeschlossen und ließ sich auch mit Gewalt nicht öffnen.

»Los, mach schon«, herrschte er die Besitzerin an und bedrohte sie mit der Pistole.
Die Besitzerin griff sich an den Kopf und kippte um wie eine verfaulte Birne.
»Mimmù, was hast'n du mit der gemacht?«
»Ich hab sie nicht mal angerührt. Die ist vor Angst ohnmächtig geworden.«
»Und jetzt? Hauen wir ab?«, fragte der Professor. Er schwitzte wie ein Schwamm.
»Bist du bekloppt, Prufessò?«
Er beugte sich über die Besitzerin und griff in ihre Rocktaschen, fand aber keinen Schlüssel.
Weil er schwitzte und keine Luft mehr bekam, riss er sich das Tuch vom Gesicht. Da sah er die Kette um den Hals der Besitzerin. Daran hing ein Schlüssel.
Er griff nach der Kette und riss sie ab.
Dann ging er zur Kasse und versuchte den Schlüssel.
»Und?«, fragte der Professor.
Er wäre beinahe wie die Besitzerin der Lottostelle ohnmächtig geworden.
»Dreht sich ...«, murmelte Dummenico.
Mit einem Schlag sprang die Kasse auf.
»Scheiße!«, rief Dummenico.
»Leer?«
»Rappelvoll«, antwortete Dummenico.
Und er fing an, das Geld in die Tasche zu stopfen.
Genau in diesem Moment ging die Tür auf und der

Schwarze kam rein, der vor dem Bahnhof seine Limonade getrunken hatte.
Der Professor schloss schnell die Tür hinter ihm. Dann zeigte er auf die Pistole und gab Zeichen, keinen Mucks zu tun.
Schweigend hob der Schwarze die Arme.

Der Schwarze

Der Schwarze war erschöpft von Mühsal und Hitze. Seit fünf Uhr war er auf den Beinen, um früh im Strandclub zu sein. Dort gab es teure Liegen, dort kauften ihm Touristen eher etwas ab.

Er hatte den Zug um sechs genommen, hatte dem Strandwärter fünfzehn Euro gegeben, um reingelassen zu werden, und hatte seine erste Runde gedreht, die vielversprechend gewesen war. Um zehn trank er den ersten Kaffee, dann machte er die zweite Runde. In dem Moment tauchte das Zollauto auf, und er floh über die Felsen, weil sie schon einmal seine ganze Tasche beschlagnahmt hatten. Außerdem war seine Aufenthaltsgenehmigung abgelaufen, er wollte kein Risiko eingehen. In der Eile war er ausgerutscht und hatte sich das Knie aufgeschlagen. Aber seine Waren hatte er in Sicherheit gebracht, und keiner war ihm gefolgt.

Um wenigstens noch irgendwas zu verkaufen, war er am öffentlichen Strand auf und ab gelaufen. Drei Stunden in der brüllenden Hitze für einen Hut für zwei Euro fünfzig.

Erschöpft von Mühe und Hitze, mit geschwollenem Knie, war er zum Bahnhof gelaufen. Er wollte einen Zug nehmen, zurück in sein Zimmer gehen, sich ein paar Stunden ausruhen und dann den Bus zum Fest von San Vitu Liberatore nehmen. Vielleicht konnte er dort etwas verkaufen.

Während er auf den Zug wartete, bekam er Durst. Er zählte, was er verdient hatte, und kam auf dreißig Euro. Wenn er das Geld für den Strandwärter, das Zugticket und den Rest der Ausgaben abzog, blieben nicht mal zehn übrig.

Der Schwarze dachte, dass zehn Euro sein Leben nicht veränderten, und ging zu dem Automaten, um sich eine Limonade zu ziehen. Während er die Limonade trank, sah er, wie die Besitzerin die Rollläden hochkurbelte. Er dachte drüber nach, sich ein Los zu kaufen, irgendwie hatte er das Gefühl, es war ein Tag, um sein Glück zu probieren. Als er seine Limonade getrunken hatte, stand er auf, ging aufs Klo, um sich zu waschen, und dann in die Lottostelle.

Als er eintrat, sah er die beiden mit den Pistolen in den Händen. Er wollte raus, aber der Dünne schloss die Tür. Dann zeigte er auf die Pistole und bedeutete ihm zu schweigen.

Der Schwarze dachte, dass er sich nicht vor dem Meer und dem Krieg in Afrika gerettet hatte, um jetzt in dieser verdammten Lottostelle erschossen zu werden.

Er hob die Arme und rührte sich nicht.

Die Flucht

»Was machen wir jetzt mit dem?«, fragte der Professor.
»Zieh ihm eins über den Schädel und lass uns verschwinden.«
Der Professor schaute den Schwarzen an. Und sah, wie rot seine Augen waren von Mühsal und Müdigkeit.
»Ich zieh keinem eins über den Schädel«, sagte er.
Dummenico ging entschieden auf den Schwarzen zu und hob die Pistole, um zuzuschlagen.
Der Schwarze schützte sein Gesicht mit den Händen.
Dummenico ließ die Pistole sinken.
»Komm, wir geben ihm hundert Euro und lassen ihn laufen«, schlug der Professor vor.
»Prufessò, der hat mein Gesicht gesehen.«
»Na und? Willst du den deshalb erschießen?«
»Nee ...«
»Dann gib ihm 'n Hunni und lass ihn laufen.«
»Hundert ist 'ne Menge Holz«, sagte Dummenico.
»Tust grad so, als wär's deine Kohle. Los, mach schon – halt keine Volksreden.«
Dummenico nahm zwei Fünfzig-Euro-Scheine aus der Tasche und gab sie dem Schwarzen.
Der schaute das Geld an. Dann schaute er Dummenico an, der ihm Zeichen gab, schweigend abzuhauen.

Da stopfte der Schwarze sich das Geld in die Hosentasche und verschwand.

Sie zählten bis zehn, um zu schauen, was passierte. Dann verschwanden sie auch.

Der Schwarze war wie vom Erdboden verschluckt, alles wirkte ruhig.
Sie gingen den Bürgersteig entlang, bemüht unauffällig. Aber der Schweiß lief ihnen in Strömen über die Stirn, schlimmer als ein Springbrunnen.
Am Ende des Bürgersteigs begannen die Gleise, die mussten sie dreihundert Meter weit entlanggehen. Dann kam eine niedrige Trockenmauer, über die sie springen mussten, und von dort gelangte man zum Weinberg. Von dort aus war man in drei Minuten beim Lieferwagen.
Als sie gerade den Bürgersteig verließen, ertönte ein Hilfeschrei.
Die Besitzerin der Lottostelle.
Dummenico und der Professor zwangen sich, nicht zu rennen, und gingen weiter die Gleise entlang.
Sie hatten gerade mal zwanzig Schritte gemacht, als sie hinter sich einen Pfiff hörten. Sie drehten sich um und sahen den Bahnhofsvorsteher, der hinter ihnen herrannte und pfiff.
Dummenico und der Professor fingen auch an zu rennen.

»Prufessò, verdammte Scheiße, wir sind am Arsch!«, rief Dummenico.
»Wollen wir mal sehen, ob wir im Arsch sind, Mimmù. Das schafft der nie.«
»Aber wenn die Carabinieri kommen?«
»Spar dir den Atem und lauf, Mimmù. Jetzt hilft nur abhauen.«
Und auf den Gleisen, unter der brennenden Sonne, rannten Dummenico und der Professor so schnell, wie sie konnten.
Der Bahnhofsvorsteher fiel hinter ihnen zurück. Sein Bauch hüpfte bei jedem Schritt. Der Atem blieb ihm unter der Sonne weg.
»Wenn das Herz mich jetzt nicht im Stich lässt«, sagte sich Dummenico, »dann verlässt es mich nie mehr.«
»Komm, wir sind fast an der Mauer«, sprach ihm der Professor Mut zu.
Voller Angst setzten sie über die Mauer, warfen sich auf den Boden und krochen durch den Weinberg, und als sie in den Lieferwagen stiegen, war niemand mehr hinter ihnen her.

Der Schwarze, der die zweite Flucht des Tages versucht

Kaum war der Schwarze aus der Lottostelle raus, griff er nach seiner Tasche, um so schnell wie möglich abzuhauen, denn innerhalb von fünf Minuten würde sich der Bahnhof in ein Polizeihauptquartier verwandeln. Und mit seiner abgelaufenen Aufenthaltsgenehmigung ließ er sich hier lieber nicht blicken. Die könnten ihn sogar für einen Komplizen der Diebe halten und ins Gefängnis stecken.

Während er überlegte, wo er hinsollte, sah er den Dürren und den Schnauzbärtigen aus der Lottostelle kommen. Er versteckte sich hinter einer Säule, und als er sah, in welche Richtung sie liefen, ging er in die entgegengesetzte.

Nach drei Schritten rannte eine Frau aus der Lottostelle und begann zu schreien. Sofort danach hörte er Pfiffe. Vor Schreck rannte er los, obwohl ihm das Knie wehtat.

Beim Rennen drehte er sich um, er wollte sehen, ob sie ihm folgten. Und als er sich umdrehte, wäre er fast unter ein Auto geraten, das schnell auf ihn zukam. Das Auto bremste, nichts passierte. Das Problem war nur, dass es sich ausgerechnet um ein Polizeiauto handelte, und bevor er auch nur Zeit hatte,

den Mund aufzumachen, saß er schon in Handschellen auf der Rückbank.
Er versuchte zu protestieren, aber dann dachte er, dass es sein Schicksal wohl so wollte. Das Leben hatte ihn gelehrt, dass das Schicksal einen auf seltsamen Wegen zu seiner Bestimmung führte.
Deshalb schwieg er und wartete darauf, dass sich zeigte, was dieser Tag brachte.

Caterina

Kurz vor dem Sonnenblumenfeld hielt Caterina im Schatten der Olivenbäume, um durchzuatmen.
Sie stieg vom Fahrrad und zog eine Packung parfümierter Erfrischungstücher aus der Tasche. Mit einem rieb sie sich Hals und Arme ab. Mit dem anderen Knie und Schenkel.
Wieder kam ihr der Wutausbruch ihres Vaters in den Sinn. Nur von der Mutter konnte er erfahren haben, was zwischen Lorenzo und ihr war. Vor der Mutter hatte sie keine Geheimnisse. Sosehr sie sich den Kopf zerbrochen hatte, sie verstand das Verbot, Lorenzo zu sehen, einfach nicht. Genauso wenig wie die Ohrfeige. Schließlich hatte sie beschlossen, dass es eine Laune war, weswegen sie jetzt genau das machte, was der Vater ihr verboten hatte.
Sie zog sich mit dem Lipgloss, das Pina ihr am Morgen gegeben hatte, die Lippen nach und schaute in den Spiegel, wie sie damit aussah.
»Mè, was willst du mit dem Lipgloss, Caterì?«, hatte die Cousine sie gefragt.
»Erzähl ich dir später«, sagte Caterina, »aber meiner Mutter sage ich, dass ich heute bei dir bin, und bis das Konzert vorbei ist, darf sie dich nicht sehen.«
»Siehst aus, als könntest du kein Wässerchen trüben,

dabei hast du Feuer im Arsch«, sagte die Cousine mit einem schelmischen Lächeln.
Und ohne weitere Fragen zu stellen, erklärte sie ihr, wie man das Lipgloss benutzte.
Und jetzt?
Was ging ihr durch den Kopf?
Was wollte sie beweisen?
Sie wusste es selbst nicht.
Nur eines wusste sie: dass sie Lorenzo sehen wollte.
Wenn sie ihn sah, schlug ihr Herz schneller. Und wenn sie bei ihm war, kam sie sich vor wie in einem Roman.
Sie seufzte.
Dann stieg sie wieder auf ihr Fahrrad und fuhr zum Sonnenblumenfeld.

Gestern war sie am Nachmittag plötzlich an der Tür zur Werkstatt aufgetaucht. Sie hatte Lorenzos Großvater gegrüßt und ihm bedeutet, dass sie ihn kurz sprechen wollte. Lorenzo war herausgekommen, zusammen waren sie in die Gasse hinter dem Lager gegangen.

Caterina war schweißgebadet. Sie schien Angst zu haben, dauernd schaute sie sich um, ob jemand sie beobachtete.

»Mè, Caterì, ist was passiert?«

Sie schüttelte den Kopf, aber ihr Lächeln war anders als sonst.

»Ich kenn dich noch nicht gut«, sagte Lorenzo, »aber ich glaub nicht, dass du die Wahrheit sagst.«

Ihr Lächeln wurde immer gequälter.

»Du hast recht«, gab sie zu, »aber ich hab jetzt keine Zeit, es dir zu erklären.«

»Wann sehen wir uns?«, fragte er.

»Morgen im Sonnenblumenfeld.«

»Morgen ist das Konzert, ich muss spielen.«

»Dann sehen wir uns eben nicht, nie mehr«, sagte Caterina.

Und war auf und davon auf ihrem Rad in Richtung Straße.

»Wann?«, schrie Lorenzo und rannte ihr nach.
»Um sechs!«, rief sie, ohne sich umzudrehen.
»Ich komme«, schrie er.

Jetzt zirpten die Grillen ohne Unterlass. Die Hitze war wie flüssiger Teer, und er wartete auf Caterina, versteckt zwischen den Sonnenblumen.
Die Schwere in seinem Kopf war verflogen, ohne Spuren zu hinterlassen. Nur ein unbestimmtes Gefühl war geblieben, eine Ahnung, die er nicht verstand und die ihn beunruhigte.
Aber als er sie auf das Feld zufahren sah, war die Verunsicherung verflogen, und es blieb nur das Verlangen, sie fest an sich zu drücken.

Caterina und Lorenzo

Kaum tauchte das flatternde Gelb der Sonnenblumen vor ihr auf, schlug ihr Herz schneller. Sie schaute sich suchend um, ob Lorenzo gekommen war. Da sie ihn nirgends entdeckte, stieg sie vom Rad und versteckte es zwischen den Blumen. Sie strich sich das Sommerkleid glatt. Und schüttelte ihre Haare. Während sie eine Biene dabei beobachtete, wie sie den Nektar aus einer Blüte saugte, hörte sie jemanden rufen.

»Caterina!«

Sie drehte sich um.

Und sah ihn.

Er hatte das T-Shirt an, das er auf der Party von Caetano Corona getragen hatte. Und kam ihr noch dunkler und schwärzer vor als damals.

Wie ein echter Sarazene.

Lorenzo ging zu ihr.

Er wollte sie küssen, so wie am Strand.

Caterina wollte dasselbe.

Aber als Lorenzo nach ihr griff, lief sie durch das Sonnenblumenfeld davon.

So wie sie es am Strand von Roccelle gemacht hatte.

»Warte!«, rief Lorenzo ihr nach.

Aber sie lief weiter.

Schnell und leicht wie eine Libelle. Sie verschwand und tauchte zwischen den Sonnenblumen wieder auf. Und sah selbst wie eine Sonnenblume aus.
Lorenzo lief hinter ihr her. Ab und zu war sie zum Greifen nah, dann entwand sie sich wieder seinen Fingern.
Dann hielt er sie in den Armen. Unerwartet. Caterina war außer Atem. Lorenzo spürte ihren heißen Atem im Gesicht. Er spürte sogar den Herzschlag des Mädchens. Und die Hitze in ihm, die immer stärker wurde, je länger er sie umarmte.
»Warum fahren wir nicht zusammen weg?«, fragte Caterina, ohne zu wissen, wie ihr der Gedanke plötzlich in den Sinn gekommen war.
»Wohin denn?«
»Keine Ahnung, lass uns einfach wegfahren.«
»Du und ich allein?«
»Du und ich allein.«
»Heute Abend?«
»Heute Abend.«
»Ja«, sagte er.
Und legte seine Lippen auf ihre.
Caterina rührte sich einen Augenblick lang nicht. Sie glaubte, keine Luft mehr zu bekommen, sie fühlte, wie ihr Herz barst.
Dann merkte er plötzlich, wie sie schmolz.
Er umarmte sie, so fest er konnte, und sie schmiegte sich an ihn wie eine Liane.

Das Trio

Capa di Ciuccio hatte sich in die Blumen gelegt und betrachtete das Blau des Himmels durch die gelben Blüten. Ab und zu trank er einen Schluck Wein. Er fand, so gut war es ihm noch nie gegangen.
Cicciariello hingegen war ziemlich nervös. Das hier hatte nichts mit den Mädchen zu tun, denen sie in den Diskotheken nachstellten. Oder mit den Mädchen, die sie am Strand flachlegten. Auch nicht mit den Albanerinnen, die samstagabends an der Landstraße auf den Strich gingen und für zwanzig Euro alles machten.
Das hier war was anderes.
Nicht auszudenken, was werden würde oder was hinterher geschah. Vor allem, da es seine Schuld war. Denn er hatte, als er am Lager des Schuhmachers vorbeigegangen war, gehört, wie Lorenzo und Caterina sich für sechs Uhr verabredeten. Dann hatten sie mithilfe des Weins, in den sie die Drogen gerührt hatten, Lorenzo den Treffpunkt entlockt, das Sonnenblumenfeld. Deshalb war er schrecklich nervös, rauchte einen Joint nach dem anderen und spähte über Fellones Schulter nach Caterina.
»Und wenn sie gar nicht kommt?«, fragte er irgendwann.

Vielleicht war das eher eine Hoffnung als eine Sorge.
Fellone antwortete nicht einmal.
Er stand so unbeweglich zwischen den Blumen wie eine Vogelscheuche.
Seine Gedanken aber, sie rasten ohne Unterlass.
Ihm fiel wieder ein, wie er sich mit dem Enkel des Schusters geprügelt hatte. Er hatte den Tammorraspieler für schwächer gehalten. Aber stark war der, und Mut hatte er obendrein. Und als der Vater sie getrennt hatte, hätte er vor Scham beinahe geheult. Er hatte weder Lorenzo noch diesen Sturkopf Caterina kleingekriegt.
Dann hatte er den Fehler gemacht, es seinem Vater anzuvertrauen.
Solche Angelegenheiten machte man unter sich aus. Ohne die Erwachsenen. Dies war seine Pizzica, und er beschloss, sie von nun an allein zu tanzen. Jede Geduld war verschwunden, und er wollte nur noch die Wut austoben, die in ihm raste.
Ob er sie im Guten oder im Schlechten austobte, interessierte ihn einen Scheißdreck.
Während er darüber nachdachte, tauchte Caterina in der Ferne auf. Auf ihrem Rad fuhr sie zum Sonnenblumenfeld. Mit dem geblümten Kleid und den Haaren, die im Wind flatterten, schien sie ihm noch schöner, als er sie in Erinnerung hatte.
Ihre Schönheit aber machte ihn nur wütender. Sie brachte sein Blut zum Kochen.

Küsse ohne Ende

Sie hielten die Augen geschlossen und schmiegten sich aneinander, benommen und außer Atem.
Schließlich mussten sie ihre Lippen voneinander lösen, um Luft zu holen.
Sie öffneten die Augen und sahen sich an.
Ihr erschien Lorenzo wie der Seemann, von dem sie als Kind geträumt hatte und der sie jetzt auf sein Segelboot entführte und ihr zeigte, wie man die Sterne deutete.
Ihm erschien Caterina schön wie ein Traum, und er hatte Angst, dass er aufwachen und sie nicht mehr finden würde.
»Heute Abend ist das Konzert«, sagte sie.
»Macht nichts«, sagte Lorenzo.
»Ich weiß, dass dir das wichtig ist.«
»Du bist mir wichtiger.«
Sie wurde rot vor Freude.
»Es ist schön, wenn du die Tammorra schlägst«, sagte sie.
»Ich hab sie dabei, gleich schlage ich sie nur für dich.«
»Wann gleich?«, fragte Caterina lächelnd.
»Wenn du keine Lust mehr hast, mich zu küssen.«
»Das dauert aber lange«, sagte sie. Und begann noch einmal, ihn zu küssen.

Das Fest von Santu Vito Liberatore

Zuerst kamen die Feuerschlucker, die rote Umhänge trugen, Flammen spien und wie Höllenteufel aussahen. Dahinter schritt der Dorfpriester, der sein Weihrauchfass schwenkte, um die Christen vor dem Bösen zu bewahren, das sie zu verschlingen drohte. Dem Priester folgten die Messdiener, die Statue des Heiligen auf den Schultern, und hinterdrein hüpften die üblichen alten Weiblein, schwarz gekleidet, die Kerzen trugen und ihre Litanei murmelten. Danach zweihundert oder dreihundert Menschen.

Die Prozession war zweimal durchs Dorf gezogen, war die Straßen auf und ab geschritten. Die Hitze war unerbittlich. Zwei alte Weiblein waren ohnmächtig geworden, der Krankenwagen hatte sie geholt. Ein Messdiener hatte irgendwann ein wenig geschwankt, und beinahe wäre die Statue auf den Steinen zerschellt.

Nun kam die letzte Runde, gerade hatten sie den Corso erreicht. Dort waren Stände aufgebaut, die Nüsse und Oliven, Zuckerwatte und Torrone verkauften und Spielzeug für die Kinder.

Vom Corso zog die Prozession weiter über die Piazza, wo eine Bühne für die Musikanten aufgebaut war. Auf der Piazza warteten die Menschen schon darauf, dass das Konzert begann, einige hatten sich auf den Boden gesetzt, andere waren auf die umstehenden Bäume geklettert. Als die Statue vorbeizog, klatschten sie lauter als im Stadion. Dann zog der Heilige endlich in die Kirche ein, der Priester sprach seinen Segen, und die Prozession war vorüber.

In dem Moment traf der Moderator auf der Bühne ein, der durch den Abend führen sollte.

»Wo ist Caterina?«, fragte Giovanni.

»Kommt gleich«, antwortete Rita.

»Ich seh sie nicht.«

»Sie ist bei Pina, sie kommt gleich.«

Der Moderator griff nach dem Mikrophon, begrüßte das Publikum und wiederholte den Gruß auf Englisch für die Touristen. Dann machte er zwei Witze über die Hitze, die alle zum Lachen brachten, und bat den Bürgermeister auf die Bühne.

»Das passt mir nicht«, sagte Giovanni.

»Was?«

»Caterina.«

»Warum, was ist mir ihr?«

»Nicht, dass sie mit jedem schläft, der daherkommt!«

»Schläft? Jetzt?«

»Mè, kann doch sein, oder?«

Caetano Corona stieg auf die Bühne und begrüßte das Publikum. Der Moderator bedankte sich bei dem Bürgermeister, der dem Dorf auch dieses Jahr wieder ein Fest ermöglicht hatte. Und der Bürgermeister bedankte sich bei Mino Calasetta, der den Abend zu einem Teil bezahlt hatte. Deshalb bat der Moderator auch den Unternehmer auf die Bühne, aber der erhob sich nur von seinem Stuhl in der erste Reihe, hob die Hand zum Gruß und setzte sich unter dem Applaus des Publikums wieder.

»Der muss auch überall mitmischen«, sagte Rita.

»Wer?«, fragte Giovanni.

Sie schaute ihn an.

Es war ein Blick, der viel sagen wollte, und vielleicht war sie wirklich kurz davor, etwas zu sagen, aber Lucietta flüsterte, dass sie Hunger habe, und Rita holte ein in Alufolie gewickeltes Omelett aus der Tasche. Caetano Corona stieg von der Bühne, und der Moderator sagte, es sei an der Zeit, sich ein wenig mit dem Glauben zu beschäftigen. Deshalb trat der Dorfpriester auf die Bühne, der noch schweißgebadet von dem Gang in der Prozession war. Mit einem Stofftaschentuch trocknete er sich die Stirn und begann, die Geschichte von Santu Vito Liberatore zu erzählen.

»Sie ist doch noch ein Kind.«

»Wer?«

»Caterina.«

»Das Kind ist groß geworden, Giuvà.«

»Nicht, dass sie Dummheiten macht.«

»Und was wäre eine Dummheit?«, fragte sie mühsam beherrscht.

»Was weiß ich.«

»Dass sie sich für den Enkel des Schusters statt für den Sohn von Mino Calasetta entscheidet? Ist es das, was dir nicht passt?«

Sie hatte es so trocken und wütend gesagt, als wollte sie ihrem Mann an die Kehle gehen.

Giovanni blieb stumm.

Was wusste Rita von Mino Calasettas Sohn?

Ihm fiel wieder der Anruf des Bauunternehmers vor drei Tagen ein.

»Guten Tag, Dottore, wie komme ich zu der Ehre?«

Er dachte, dass es Ärger auf der Arbeit gab, aber damit hatte es nichts zu tun.

»Deine Tochter hat was mit dem Enkel vom Schuster«, hatte Calasetta gesagt.

Giovanni verstand nicht, wieso Calasetta sich für seine Tochter interessierte.

»Davon weiß ich nichts, Dottò, ich glaube nicht«, antwortete er.

»Sag bloß, du weißt nicht, dass sie sich jeden Sonntag in Roccelle am Meer treffen?«

Nein, das hatte er nicht gewusst. Es tat ihm ein wenig leid, dass Caterina ihm nichts von sich erzählte. Und gut fand er es nicht, dass sie eine Schwäche für einen bettelarmen Taugenichts wie den Enkel des Schusters hatte. Aber er verstand immer noch nicht, was Calasetta seine Tochter anging.

»Es ist besser, wenn sie sich nicht mehr sehen«, sagte der Unternehmer.

Schließlich fasste er sich ein Herz und fragte nach.
»Aber Dottò, wieso interessiert Sie das?«
»Mich nicht, aber meinen Sohn. Und zwar sehr.«
Darum ging es, Fellone hatte ein Auge auf Caterina geworfen, und sie beachtete ihn nicht.
»Ich kann sie doch nicht zu Hause einsperren«, sagte Giovanni, dem es nicht passte, so herumkommandiert zu werden.
»Bist du ihr Vater oder nicht?«
Er merkte, dass der andere nervös wurde.
»Dottò, ich tue mein Bestes, aber …«
Calasetta unterbrach ihn.
»Hör zu, Avagliani, vielleicht habe ich mich nicht klar genug ausgedrückt. Deine Tochter trifft den Enkel vom Schuster nicht mehr, kapiert?«
Er schrie beinahe.
»Verstanden, regen Sie sich nicht auf, ich kümmere mich darum.«
»Und zwar schnell, wenn dir deine Arbeit lieb ist«, sagte Calasetta, bevor er auflegte. »Diesmal rettet dir keiner den Arsch.«

Während er über den Anruf nachdachte, fing jemand aus dem Publikum an, den Priester zu foppen, der gar nicht mehr aufhörte mit seinem Heiligen.
»Mè, Reverè, nun lassen Sie uns die Musik hören, die Geschichte vom Heiligen kennen wir auswendig.«
Das Publikum fing an zu lachen, und der Priester, der

nicht dumm war, antwortete mit einem Witz. Das Publikum lachte wieder, dann beendete der Priester schnell seine Rede und räumte die Bühne.

Jetzt endlich sagte der Moderator, dass es Zeit für die Musik sei, und bat die Musikanten herauf. Rita klatschte, während die Musikanten auf die Bühne gingen, und die Kleinen klatschten mit ihr.

Giovanni dachte immer noch darüber nach, was Rita über Calasettas Sohn wissen konnte, und schaute sie einen Moment lang an.

Erst zerstreut.

Dann konzentrierter.

Auf einmal sah er das stolze Profil mit den schwarzen Haaren, die es umrahmten, die weiche Figur, die zugleich schlank war und der die Jahre nichts anhaben konnten. Während die Musiker ihre Instrumente stimmten, erschien sie ihm schöner als je zuvor, und er dachte, dass es vielleicht nicht zu spät sei, von vorn zu beginnen.

Rita und Giovanni

Neun Monate zuvor, am Nachmittag

Die Glocken hatten gerade fünf geschlagen. Auf der Straße waren wenige Leute, es wehte ein kalter Wind, der ins Gesicht schnitt, man konnte nicht einmal lachen, ohne dass einem die Zähne einfroren. In der vergangenen Nacht hatte es auf dem Muntagnone geschneit, und am Morgen konnte man das Weiß des Schnees sehen, der ihn fast ganz bedeckte. Der Bus fuhr nicht, und im Fernsehen sagten sie, dass es am nächsten Tag weiterschneien würde, in der ganzen Ebene und bis hinunter zum Meer.

In der Bar redeten die Männer an den Tischen nicht vom Schnee und der Kälte. Auch nicht vom Fußball, der samstagnachmittags das beliebteste Thema war. Stattdessen redeten sie von den Entlassungen, die allen Dörfern der Gegend drohten und im Norden schon begonnen hatten. Im Fernsehen hatten sie gesagt, dass die Krise, die Chinesen und die Banken schuld waren.

»Aber hinterher sind immer wir die Verlierer«, sagte Giovanni, der an der Bar stand und ein Bier trank.

»Wir müssen zusammenhalten«, sagte der Gewerkschafter des Dorfes, der die Arbeiter zu einer öffentlichen Sitzung zusammengerufen hatte. »Nur

wenn wir zusammenhalten, können wir was ausrichten.«
»Und was sollen wir ausrichten?«, fragte Giovanni skeptisch. »Eine Prozession für Santu Vito?«
»Wenn wir zusammenhalten«, sagte ein anderer aus einem der Nachbardörfer, den sie Professor nannten, »dann können sie uns nichts anhaben. Aber wir müssen alle auf die Straße und streiken.«
Giovanni zuckte mit den Schultern. Seit er ein kleiner Junge war, hatte er nichts geschenkt bekommen. An das Märchen von Einigkeit und Kameradschaft glaubte er nicht. Vor allem, weil Mino Calasetta ihm just an diesem Morgen zu verstehen gegeben hatte, dass er auch ihn würde entlassen müssen, dass die Krise alle betraf.
»Dottò, ruinieren Sie mich nicht«, hatte Giovanni gesagt. »Wir haben nur mein Gehalt, und ich muss Rita und drei Kinder ernähren.«
»Weiß ich«, sagte Calasetta. In einem Ton, der ihn zwischen Hoffnung und Verderben hängen ließ.
Giovanni trank noch einen Schluck Bier.
Inzwischen hatte einer der ältesten Arbeiter gesagt: »Aber hier ist noch keiner entlassen worden. Was geht uns der Streik an?«
»Das ist nur eine Frage der Zeit«, sagte der Professor immer hitziger, »wir müssen bald zeigen, dass die hier niemanden anrühren dürfen. Wenn sie hier einen anrühren, geht die Revolution los.«

Einer klatschte zu den leidenschaftlichen Worten des Professors. Giovanni hingegen trank sein Bier und dachte, dass im Meer immer welche untergehen und andere oben schwimmen.
Er wollte oben schwimmen.
Während Giovanni sein Bier trank, hatte Rita Tummasino zum Schwimmen gebracht, dann ging sie in den Kindergarten, um Lucietta abzuholen. Die Sonne war schon untergegangen, der Nordostwind fegte wütend durch die Höfe und nahm einem den Atem. Während sie vom Schwimmbad zum Auto ging, schlug Rita den Schal enger um den Hals, um das Gesicht vor den Windstößen zu schützen. Sie lief schnell und dachte nach, über ihren Mann, der vielleicht arbeitslos wurde, über Tummasino, dem der Hals wehtat, über die Mutter, die sich den grauen Star operieren lassen musste.
»Guten Abend, Signora Avagliani.«
Sie hatte den Mann nicht bemerkt, der an der Seite stand und darauf wartete, dass sie antwortete. Dem Mantel nach zu urteilen und seinen Manieren, schien er anständig, aber es war zu dunkel, um sein Gesicht zu erkennen, und sie wusste nicht, wer er war.
»Guten Abend ...«, antwortete sie.
Sie wollte nicht zu offen klingen, aber auch herausfinden, wen sie vor sich hatte.
»Entschuldigen Sie, vielleicht habe ich Sie erschreckt.«

»Ich war in Gedanken.«
»Vielleicht ein wenig in Sorge, dass Ihr Mann seine Arbeit verlieren könnte ...«
Rita Avagliani nahm ihren Mut zusammen und schaute den Mann genauer an. Er ging einen kleinen Schritt zur Seite, so dass sein Gesicht im Licht der Straßenlaterne sichtbar wurde.
Es war Mino Calasetta, der Bauunternehmer. Der, der ihrem Mann Arbeit gab und Hunderten anderen.
»Ich habe Sie im Dunkeln nicht erkannt«, sagte Rita.
»Ich möchte mit Ihnen sprechen, Signora«, sagte Calasetta höflich.
»Mit mir?«
»Mit Ihnen, ja.«
»Worüber denn?«
»Hier in der Nähe ist ein Café«, sagte Calasetta. »Im Warmen lässt es sich besser reden.«
Was konnte Mino Calasetta von ihr wollen, der reichste und mächtigste Mann der Provinz?
Sie schöpfte Verdacht, bekam Angst und wurde neugierig, alles gleichzeitig.
»Na gut«, sagte sie, »gehen wir ins Café.«

Rita und Giovanni

Neun Monate zuvor, am Abend

Giovanni saß am Küchenfenster. Durch die Scheibe sah er die Blitze, die vom Muntagnone herunter immer näher kamen. Es kündigte sich so viel Schnee an, dass die Hilfsarbeiter die nächsten drei Tage lang nicht aus den umliegenden Dörfern kamen. Deshalb konnte auf den Baustellen nicht gearbeitet werden, und Calasetta hatte sicher keine gute Laune.

»Mè, Giuvà, kannst du dir vorstellen, was diesem Schwein durch den Kopf geht?«, fragte Rita.

Gerade hatte sie ihm von dem Treffen mit Mino Calasetta erzählt.

Sie hatte extra den Abend abgewartet, weil sie mit ihm allein sein wollte, um alles loszuwerden. Deshalb hatte sie ihm davon erzählt, als die Kleinen im Bett waren und Caterina mit Pina im Kino.

Giovanni kaute am Nagel des linken kleinen Fingers und schwieg.

»Und dann, Giuvà, ich schwör's, wenn er dir nicht Arbeit geben würde, hätte ich nicht mal einen Kaffee mit ihm getrunken.«

»Was hat er denn genau gesagt, als du ihm ins Gesicht gespuckt hast?«

»Signora Avagliani, Ihre Reaktion habe ich erwar-

tet, und sie stört mich nicht, weil Sie Ihnen zur Ehre gereicht. Und wenn ich Sie nicht für eine ernsthafte Person gehalten hätte, hätte ich Sie gar nicht angesprochen. Deshalb ist mein Angebot gültig, Sie haben eine Woche Zeit, darüber nachzudenken.«
»Und dann?«, fragte Giovanni, »wie habt ihr euch verabschiedet?«
»Giuvà, das erzähle ich dir jetzt schon zum dritten Mal. Ich hab ihm gesagt, dass ich nicht darüber nachzudenken brauche. Dann bin ich aufgestanden, hab ›Entschuldigung‹ gesagt und bin raus.«
»Hat euch jemand gesehen? Was gehört?«
»Nein. In der Bar war nur ein Junge mit seiner Freundin, die waren mit sich beschäftigt.«
»Und der Kellner?«
»Der auch nicht, von da aus, wo wir gesessen haben, konnte man die Theke nicht sehen.«
Giovanni schaute wieder zu den Blitzen, die näher kamen.
»Giuvà ...«
»Hier bin ich.«
»Was sagst du dazu?«
»Was soll ich dazu sagen?«
»War es falsch, mit ihm Kaffee trinken zu gehen?«
»Der Kaffee ...«
»Verzeih, Giuvà, versteh mich doch. Ich dachte, dein Chef, da kann ich doch nicht nein sagen.«
»Hast du richtig gemacht.«

»Mè, Giuvà, sicher?«
»Sicher.«
»Warum schaust du mir dann nicht in die Augen?«
Giovanni schaute sie an, dann drehte er sich wieder zu den Blitzen um, die die Nacht erleuchteten.
»Ich hab an die Arbeit gedacht, Rita.«
»Wir finden was, mach dir keine Sorgen.«
»Calasetta kennt alle im Baugewerbe. Wenn der sich querstellt ...«
»Dann lass ihn sich querstellen. Du arbeitest gut. Und nicht alle hängen bei Calasetta an der Brust.«
»Hoffentlich hast du recht, Rita.«
Rita stand auf.
»Möchtest du einen Nocino?«
Er nickte.
Sie schenkte ihm ein halbes Glas Likör ein. Dann ließ sie Wasser ins Waschbecken, räumte ab, legte Teller und Besteck ins Wasser, zog die Handschuhe über und begann zu spülen.
»Wenn du dich hinlegen willst«, sagte sie, während sie die Küche aufräumte, »warte ich auf Caterina.«
»Ich bin nicht müde«, sagte Giovanni.

Als sie mit dem Abwasch fertig war, zog Rita die Handschuhe aus und trocknete ab. Dann setzte sie sich ihrem Mann gegenüber, der immer noch neben dem Fenster saß. Sie streichelte seine Hand und trank auch einen Schluck Nocino. Ihr Mann schaute sie

einen Moment lang an, dann trank er seinen Likör aus.
Erst in diesem Moment, bei seinem Blick, kam Rita ein Zweifel, der sie vorher nie gestreift hätte.
Wegen diesem Zweifel, der nicht von dieser Welt war, schämte sie sich und versuchte mit aller Kraft, ihn zu verjagen.
Aber später, nachdem Caterina nach Hause gekommen war, sie ins Bett gegangen waren und das Licht ausgemacht hatten, war der Zweifel plötzlich wieder heftig da.
Er wog zu schwer, um ihn für sich zu behalten.
»Giuvà ...«
»Was ist?«
»Ich hab nachgedacht ...«
»Worüber?«
»Dass ich vielleicht einen Fehler gemacht hab ...«
»Einen Fehler?«
»Ich weiß nicht.«
»Was für einen Fehler?«
Im Dunkel des Zimmers dachte sie, dass es vielleicht besser wäre zu schweigen.
»Was für einen Fehler?«, fragte ihr Mann noch einmal.
»Mit Calasetta.«
»Der Kaffee?«
»Nein.«
»Nein?«

»Nein.«
»Mè, was willst du sagen, Rita?«, fragte ihr Mann gereizt.
Rita holte zwei-, dreimal Luft, bevor sie sprach. Dann fasste sie sich ein Herz und antwortete.
»Ich meine, vielleicht hätte ich ja sagen sollen.«
Sie erwartete eine Ohrfeige, einen Schrei, irgendeine Reaktion.
Aber nichts geschah.
Ihr Mann sagte nichts.
Ganz in der Nähe donnerte es. Und einen Augenblick lang tauchte ein Blitz das Zimmer in Licht.

Rita
Neun Monate zuvor, nachts

Um drei Uhr war Rita immer noch nicht eingeschlafen. Sie war so durcheinander, dass es ihr einfach nicht gelang, Ordnung zu schaffen. Und je mehr sie versuchte, ihre Gedanken zu entwirren, umso mehr schwirrten sie durcheinander.

Sie musste allein sein, um nachdenken zu können.

Sie stand vom Bett auf und versuchte, ihren Mann nicht zu wecken. Aber Giovanni schnarchte, das Gesicht ins Kissen vergraben, und schien tief und fest zu schlafen.

Rita ging ins Bad, setzte sich auf die Toilette und dachte nach.

Ein wenig fühlte sie sich wie eine Romanheldin, eine von denen, über die sie ab und zu las. Jetzt war für die Heldin der Moment gekommen, sich für den Mann zu opfern, den sie liebte und dem sie drei Kinder geschenkt hatte. Ihre erste Reaktion, als Mino Calasetta den Vorschlag machte, mit ihm ins Bett zu gehen, war gewesen, ja zu sagen, damit Giovanni nicht entlassen würde.

Aber wenn ihr Mann das irgendwann herausgefunden hätte? Hätte er jemals geglaubt, dass sie das aus Liebe zu ihm getan hatte?

»Haben Sie verstanden, was ich Sie gefragt habe, Signora Avagliani?«, wiederholte Mino Calasetta, nachdem sie eine Minute lang nicht geantwortet hatte.
Rita war die Schamesröte ins Gesicht gestiegen.
Deshalb hatte sie ihm ins Gesicht gespuckt.
Danach war sie aus dem Café gegangen in dem festen Vorsatz, ihrem Mann alles zu erzählen, so wie sie es immer getan hatte.
Aber das Seltsame war gewesen, dass Giovanni, anstatt wütend, traurig oder eifersüchtig zu werden, gar nichts gesagt hatte. Im Gegenteil, es schien beinahe so, als ob er sie mit seinem Schweigen in die Arme seines Arbeitgebers drängen wollte. Wie eine Nutte.
Sicher aus Angst, die Arbeit zu verlieren.
Für die Kinder.
Aber wenn ihr Mann so dachte, ohne einen Hauch von Eifersucht, hieß das nicht, dass er sie nicht mehr begehrte?
Sie stand von der Toilette auf, stellte sich vor den Spiegel und zog sich aus.
Ein paar Kilo zu viel hatte sie, sie musste sich nicht ausziehen, um das festzustellen. Aber ihr Busen war immer noch weich und ansehnlich. Ganz zu schweigen von ihrem Hintern, der hart wie Marmor war.
Sie dachte, dass sie immer noch eine Frau war, die die Mühe lohnte, sich auf der Straße nach ihr umzuschauen.

Aber ihr Mann?
Schaute er sie noch an?
Mit demselben Verlangen wie Mino Calasetta?

Im Sonnenblumenfeld

Sanft strich der Scirocco durch den glühend heißen Nachmittag.

Die Sonne versank ohne Hast hinter dem Muntagnone, und im Schein ihrer Strahlen glitzerte das Wasser des Teiches silbern.

»Schau nur«, sagte Caterina.

Die beiden waren immer tiefer in das Blumenfeld vorgedrungen und küssten sich inmitten des Grüns weiter. Ohne Erfahrung, weil sie keine hatten, aber mit einem Verlangen, das immer größer wurde.

Erst Lippen auf Lippen, während sich die Hitze ihres Atems mit der Hitze der Sonne mischte.

Dann hatte er ihr mit dem Finger übers Haar gestrichen, über die Augen, die Ohren, den Hals, und wo der Finger entlangfuhr, hatte er sie leicht geküsst.

Und bei jedem Kuss entfuhr ihr ein Seufzer.

Dann hatten sich ihre Lippen noch mal berührt.

Und die Neugier war gestiegen.

Und das Verlangen wuchs.

Er hatte versucht, ihre Zähne mit der Zunge zu berühren.

Sie hatte den Mund leicht geöffnet. Ihren ganzen Körper durchlief ein Schauer, der schön und seltsam

zugleich war. So seltsam, dass sie die Augen öffnete, um sicherzugehen, dass das wirklich geschah.
Da sah sie die Sonnenblumen.
»Schau nur!«, sagte sie.
Auch Lorenzo öffnete die Augen.
Alle Sonnenblumen hatten die Köpfe zu ihnen gedreht. Als wären sie die Sonne und nicht die da oben, die hinter dem Muntagnone versank.
Sie schmiegten sich noch enger aneinander.
»In einer halben Stunde fährt der Bus nach Roccelle«, sagte Caterina.
»Was willst du in Roccelle?«
»Das Haus ist noch drei Tage lang gemietet ...«
»Ist da keiner?«
»Nur wir«, sagte sie mit einem kleinen schelmischen Lächeln.
»Gut«, sagte Lorenzo, dem die Idee gefiel.
»Wenn wir dort sind, spielst du die Tammorra für mich.«
»Versprochen, aber komm jetzt, sonst wird es zu spät.«
»Noch einen Kuss«, sagte Caterina.
Und sah im selben Moment das deformierte Gesicht von Capa di Ciuccio zwischen den Sonnenblumen auftauchen.
Vor Schreck blieb ihr der Atem weg.
Mit der Hand griff sie ins Leere.
Dann gelang ihr ein Schrei.

Die Pizzica

Während die Musik über die ganze Piazza schallte, merkte Rita, dass ihr Mann sie anstarrte. Der Blick störte sie, deshalb schlug sie sich die Haare wie einen Fächer vor das Gesicht, um ihn nicht mehr sehen zu müssen. Aber diese Geste, die ihr so automatisch kam, machte sie traurig.

Eine andere Pizzica fiel ihr ein. Es war zwanzig Jahre her, sie waren jung und kannten sich noch nicht.

Sie hatte auf der Piazza getanzt.

Und der gutaussehende Junge, der am Brunnen lehnte, starrte sie an.

Ihr hatte gefallen, wie er sie anschaute. Und während sie tanzte, hob sie den Rock ein wenig, damit man ihre Beine sah. Die schön und von der Sonne gebräunt waren. Wegen ihrer Beine kamen drei Männer und baten um den nächsten Tanz. Aber sie lehnte ab. Sie wartete auf den Jungen, der am Brunnen lehnte, dass er sie aufforderte. Und als er kam und sie um den Tanz bat, überließ sie ihm mit einem Lächeln ihre Hand. So begann eine Pizzica, die sie nie mehr vergessen hatte und die erst endete, als die Lichter ausgingen.

Im Dunkel, das sich über die Piazza ausbreitete, stürzten sie sich in den ersten Kuss.

Dann war die Zeit davongelaufen.
Aber es war eine gute Zeit gewesen, weil Giovanni großzügig war. Einer, der nie den Blick senkte.
Nur in letzter Zeit war alles anders geworden.
Seit dem Tag im Café mit Mino Calasetta.
Giovanni hatte kein Wort mehr über den Vorschlag des Unternehmers verloren. Und auch zu den Zweifeln, die Rita in der Nacht gekommen waren, hatte er sich nie geäußert. Aber er war immer häufiger kurz angebunden. Und er benahm sich so, als wäre es ihre Schuld, dass er drauf und dran war, seine Arbeit zu verlieren.
Deshalb hatte Rita am siebten Tag, beinahe aus Rache, entschieden, den Vorschlag von Calasetta anzunehmen.
Sie ließ sich von ihm ein Schreiben ausstellen, das ihrem Mann die Arbeit garantierte. Und bevor sie zu dem Treffen ging, trank sie zwei Gläser Wein, um sich zu betäuben.
Wenn sie an den Moment dachte, an dem sie sich vor ihm würde ausziehen müssen, schämte sie sich. Und sie ekelte sich, sie stellte sich vor, was der Unternehmer von ihr fordern könnte.
Und wenn sie es unwillentlich genoss?

Mino Calasetta wartete auf sie in einem Hotel in der nächstgrößeren Stadt. Es war ein grauer Nachmittag, die Leute liefen schnell durch die Straßen auf der Suche nach Weihnachtsgeschenken. Das Hotel war sehr vornehm, und vom Fenster des Zimmers im obersten Stock sah man ein farbloses Meer. Mino Calasetta verschlang sie mit Blicken und sagte ihr ohne große Umstände, sie solle sich ausziehen. Sie bat ihn, die Vorhänge vorzuziehen und das Licht auszumachen. Er protestierte, gab aber schließlich nach. Dann taten sie das, was getan werden musste.

Ohne den Ekel und die Scham, vor der sie sich gefürchtet hatte. Aber auch nicht mit dem Vergnügen, vor dem sie Angst gehabt und das sie vielleicht doch erhofft hatte. Es ging schnell, weil er erregt war, sich keine Zeit nahm und es nicht so auskostete, wie sie erwartet hatte.

So behielt Giovanni seine Arbeit, wie es die Vereinbarung vorsah. Und Calasetta erzählte niemandem, was in dem Zimmer passiert war, denn vielleicht hatte er dabei mehr zu verlieren als zu gewinnen.

Zwischen Rita und ihrem Mann aber veränderte sich etwas.

Augenscheinlich war nichts anders: die gemeinsamen Mahlzeiten, die Gespräche, die Sonntage mit Freunden, das Bett.

Aber obwohl sich nichts verändert hatte, schien plötzlich alles anders.

Neun Monate lang hatte sie gedacht, dass es an dem schnellen Sex mit Mino Calasetta gelegen hatte.

Drei Tage zuvor, als sie vom Einkaufen nach Hause

gekommen war, hatte sie ihren Mann telefonieren hören. Sein Ton war ihr seltsam vorgekommen, und weil sie gedacht hatte, er hätte vielleicht eine Geliebte, hatte sie das Telefon in der Küche abgehoben.
»Deine Tochter hat was mit dem Enkel vom Schuster.«
»Davon weiß ich nichts, Dottò, ich glaube nicht.«
»Sag bloß, du weißt nicht, dass sie sich jeden Sonntag in Roccelle am Meer treffen?«
Das war die Stimme von einem, den sie kannte.
»Es ist besser, wenn sie sich nicht mehr sehen.«
»Aber Dottò, wieso interessiert Sie das?«
»Mich nicht, aber meinen Sohn. Und zwar sehr.«
»Ich kann sie doch nicht zu Hause einsperren.«
»Bist du ihr Vater oder nicht?«
»Dottò, ich tue mein Bestes, aber ...«
»Hör zu, Avagliani, vielleicht habe ich mich nicht klar genug ausgedrückt. Deine Tochter trifft den Enkel vom Schuster nicht mehr, kapiert?«
Mino Calasetta! Mit ihm sprach ihr Mann!
»Verstanden, regen Sie sich nicht auf, ich kümmere mich darum.«
»Und zwar schnell, wenn dir deine Arbeit lieb ist, diesmal rettet dir keiner den Arsch.«
Rita legte völlig verstört auf.
Es war, als wäre ein Schleier zerrissen.
Dass es zwischen ihr und Giovanni anders geworden

war, lag nicht an dem Sex mit Calasetta, sondern daran, dass Giovanni nicht mehr der war, den sie kannte. Der Mann, der ihr den Kopf verdreht hatte, weil er großzügig war und den Blick niemals senkte.
Dieser Mann war anders geworden.
Angst hatte er und war feige.
Um das Wenige zu verteidigen, was er hatte, tat er nicht mehr das, was richtig war, sondern was ihm am nützlichsten erschien.

Inmitten der Blumen

»Mè, ich hab sie!«, schrie Capa di Ciuccio, als er die beiden in enger Umarmung im Sonnenblumenfeld sah.
Als Caterina auf ihrem Fahrrad am Ende der Straße aufgetaucht war, wollte Fellone sich gleich auf sie stürzen – sie sollte keine Zeit haben zu verstehen, wie ihr geschah. Dann ließ er seine Wut etwas abkühlen. Vielleicht, dachte er, war es besser, ein wenig zu warten, bevor sie zuschlugen. Es wäre leichter, die beiden zu kriegen, während sie es miteinander trieben.
Aber dann waren sie verschwunden, sie hatten sie aus den Augen verloren. Jetzt suchten sie schon seit zwanzig Minuten und waren kurz davor aufzugeben, als Capa di Ciuccio Glück hatte.

»Hier bin ich, kommt her«, brüllte Capa di Ciuccio noch einmal und hob den Kopf, damit sie ihn sahen.
Und Fellone und Cicciariello rannten dorthin, wo der Eselskopf aufgetaucht war.
Caterina schrie noch einmal.
»Mè, stopf ihr endlich das Maul!«, befahl Fellone, während er näher kam.
Capa di Ciuccio griff nach dem Mädchen und hielt ihr den Mund zu. Sofort biss sie ihn. Im selben Mo-

ment war Lorenzo aufgestanden und warf sich mit Tritten und Schlägen auf Capa di Ciuccio. Die Bisse des Mädchens kitzelten Capa di Ciuccio nur, weil seine Haut so verhornt war. So hielt er sie mit einer Hand weiter fest und verscheuchte mit der anderen den Jungen wie eine lästige Fliege.
Lorenzo hörte mit den Schlägen und Tritten auf, griff nach dem großen Ast eines Olivenbaums und warf sich damit noch einmal auf Capa di Ciuccio. Da musste Capa di Ciuccio Caterina loslassen, um sich zu verteidigen.
»Hau ab, Caterí, hau ab!«, schrie Lorenzo.
Caterina floh. Aber jetzt hatte Capa di Ciuccio beide Hände frei, und das war eine andere Geschichte. Umstandslos entriss er Lorenzo den Ast. Dann packte er ihn am Hemd und verpasste ihm mit dem Handrücken einen Schlag ins Gesicht, dass er in die Blumen flog.
Lorenzo sprang auf, als wäre nichts gewesen, und warf sich wieder auf Capa di Ciuccio.
Währenddessen rannte Caterina zu ihrem Fahrrad. Verfolgt von Fellone und Cicciariello.
Leichtfüßig rannte sie und schnell, und manche ihrer Sprünge sahen aus wie die einer Gazelle. Aber auch Fellone war schnell und kam ihr immer näher. Damit sie die Richtung nicht wechseln konnte, schrie er Cicciariello zu, zu den Bäumen zu laufen, um ihr jeden Fluchtweg abzuschneiden.

Caterina schaffte es bis zum Fahrrad und stieg sogar auf, aber Fellone erwischte sie am Arm, er zog sie runter, und sie verlor das Gleichgewicht.
Caterina fiel vom Fahrrad, und er warf sich sofort auf sie.
Dann rollten beide durch das Gras.
Fellone versuchte, ihre Schultern auf den Boden zu drücken, aber das war nicht leicht, denn sie kratzte und biss schlimmer als eine wilde Katze. Er war stark genug, hatte aber keine Eile, seine Kraft einzusetzen, weil es ihm lieber gewesen wäre, sie im Guten gefügig zu machen.
Aber sie war so wütend, dass sie ihm beinahe die Augen auskratzte.
Da verlor er die Geduld und gab ihr eine kräftige Ohrfeige.
Caterina war einen Augenblick lang benommen. Aber gleich darauf stieß sie ihm vollkommen unerwartet das Knie in den Magen und schaffte es loszukommen.
Dann stand sie auf und lief wieder weg.

In der Zwischenzeit

Capa di Ciuccio hatte so hart auf Lorenzo eingedroschen, dass er nicht verstand, warum der andere nicht zu Boden ging. Lorenzo floss das Blut aus der Nase, sein Auge war schwarz wie eine Aubergine, aber er schlug und trat immer noch um sich wie von der Tarantel gestochen.

Capa di Ciuccio fand, dass es nun gut war mit der Spielerei. Er packte den Kopf des anderen und versetzte ihm einen Kopfstoß, bei dem man hörte, wie die Nase brach.

Ohne einen Klagelaut ging Lorenzo zwischen den Sonnenblumen zu Boden.

Capa di Ciuccio blickte sich um. Er sah Caterina laufen, Fellone und Cicciariello waren ihr auf den Fersen. Sie kam geradewegs auf ihn zu, es genügte, ihr den Weg abzuschneiden, dann war sie umzingelt.

Er ließ sie näher kommen. Dann tauchte er zwischen den Blumen auf und warf sich auf sie.

Nur Tote kennen keine Angst

Nachdem der Hubschrauber mit dem Bauch voller Wasser davongeflogen war, nachdem Dummenicos Herz wieder regelmäßig schlug und nachdem sie zur Feier des Tages die Pizzica getanzt hatten, musste Dummenico kacken. Er suchte sich etwas abseits einen Olivenbaum, um sein Geschäft zu verrichten.

»Na, Schiss bekommen?«, sagte der Professor, um ihn zu ärgern.

»Nur Tote kennen keine Angst, Prufessò«, antwortete Dummenico hinter dem Olivenbaum.

Während sich Dummenico erleichterte, nahm der Professor die Tasche mit dem Geld und stopfte sie unter den Sitz des Lieferwagens, denn inzwischen schien es ihm ein sinnloses Risiko, das Geld auf den Feldern zu verstecken.

»Was machst du mit dem Geld?«, fragte der Professor, während er es unter dem Sitz verstaute.

»Ich bezahl den Kredit ab, Prufessò, außerdem hab ich verschiedene Ausgaben.«

»Aber 'nen Wunsch, irgendwas, das dir im Kopf rumschwirrt, hast du schon, oder?«

»Mit Rosetta 'ne Pizza essen gehen. Am Meer, ein Bier dazu und dann in ein Hotel, in dem man die Wellen rauschen hört.«

»Ich will verreisen«, sagte der Professor.
»Verreisen? Wohin denn, Prufessò?«
»Nach Transsilvanien.«
»Ins Land der Vampire? Willst du Blutsauger werden?«
»Vampire? Dorina war von dort.«
»Du hast recht, Prufessò, entschuldige. Die Zeit vergeht …«
»Und die Lebenden vergessen die Toten. Das ist nur normal, Mimmù. Aber ihr hätte es gefallen, dass ich ihr Land sehe. Sie hat immer gesagt, es ist wie ein Märchen. Berge, Schlösser und Wälder, dass sich dir beim bloßen Anblick der Kopf dreht.«
»Ist doch 'ne gute Idee, Prufessò«, sagte Dummenico und wischte sich den Hintern mit einer Handvoll Gras ab.
»Mè, deine Scheiße stinkt aber ganz schön«, sagte der Professor.
»Sehr vornehm, Prufessò«, rief Dummenico und zog sich die Hosen hoch.
»Ich bin vornehm, und du 'ne Kloake, Mimmù.« Dann wartete er, bis der Freund zu ihm kam, und sagte ernst: »Vielleicht kommst du mit.«
»Wohin?«
»Nach Transsilvanien.«
»Ich?«
»'ne Reise haben wir uns verdient, oder?«
»Dann verlässt mich Rosetta.«

»Ist die so eifersüchtig?«
»Eifersüchtig? Othello ist nichts dagegen.«
»Sie wirkt viel offener.«
»Sie will modern sein. Aber wenn ich aus Versehen 'ner anderen nachschau, kratzt sie mir fast die Augen aus.«
Sie lachten, und als sie in den Lieferwagen stiegen, war es Dummenico, als hörte er etwas.
»Hast du gehört, Prufessò?«
»Was?«
»War das nicht ein Schrei?«
»Nix gehört.«
»Mir war so.«
»Bestimmt nur ein Vogel«, sagte der Professor.
Und er ließ den Motor an, um nach Hause zu fahren.

Die Pizzica wird feuriger

Die Stimme der Frau klang sanft, wie ein Wiegenlied entführte ihr Gesang ins Reich der Träume. Das Akkordeon folgte ihr kaum hörbar, und die Sonne versank langsam hinter dem Muntagnone. Das Rot des Sonnenuntergangs brach sich auf den Dächern der Häuser wie in einem Spiegel, der Blut reflektiert.

Giovanni schaute seine Frau an. Aber sie schlug das Haar vor das Gesicht, und er merkte, wie sehr sie sein Blick störte. Er spürte, wie eine Faust in seinen Magen griff, um ihm etwas herauszureißen.

»Rita ...«

Seine Frau antwortete nicht, drehte sich nicht einmal zu ihm um.

Recht hat sie, dachte Giovanni. Ich habe zu viel falsch gemacht, und jetzt habe ich sie für immer verloren.

Er suchte nach Gründen, um sich von der erdrückenden Last zu befreien, aber er spürte, dass es nur Ausreden waren, die nichts halfen.

Trotzdem schaute er sie weiter an und suchte nach einer Möglichkeit, die Zeiger der Uhr zurückzudrehen.

Nach und nach wurde die Musik hitziger, jetzt spielte das Akkordeon mit der Mandoline um die Wette, es gab allen Musikanten den Rhythmus vor, und das Publikum fiel klatschend ein.

Giovanni streckte eine Hand aus und drückte die seiner Frau.

»Rita …«

Sie schwieg.

Dann zog sie vorsichtig die Hand zurück.

»Giuvà …«

»Ich weiß …«, murmelte er.

So gern hätte er sie noch einmal umarmt.

»Lass uns tanzen«, sagte er.

»Ich hab keine Lust«, antwortete Rita, die unruhig wurde, weil sie weder Caterina noch Pina sah.

»Bitte!«

Sie schüttelte den Kopf.

»Nur ein Tanz, was kostet der dich?«, bat Giovanni.

Rita seufzte, antwortete aber nicht.

»In Erinnerung an alte Zeiten«, sagte er.

»Na gut«, gab sie nach, »aber nur wegen der alten Zeiten.«

Giovanni nahm sie bei der Hand. Sie trug den Kleinen auf, sitzen zu bleiben, und folgte ihrem Mann auf die Piazza, die schon voller tanzender Männer und Frauen war.

M'aggia faci na canzuni pì chi nun cunta niente, sang die Frau auf der Bühne mit einer Stimme, die einem

das Herz brach. M'aggia faci na canzuni pì chi nun tene denari, pì chi nun tene ammore ma sulamente pinzieri.
Giovanni drückte sie so an sich, wie er es noch nie zuvor getan hatte. Er ahnte, dass dies das letzte Mal war. Deshalb umarmte er seine Frau und vergrub das Gesicht in ihrem Haar, um den Geruch aufzusaugen und den Duft zu erhaschen, der von ihrer Haut aufstieg.

M'aggia faci na canzuni pì chi nun cunta niente,
pì chi nun tene forza di lottare,
e pì chi s'è perso lu vulìo di sognare.

Und während Giovanni sie hielt, gedankenverloren, nicht in der Vergangenheit und nicht in der Zukunft, nur bei diesem Tanz, den sie gerade tanzten, wechselte die Musik die Klangfarbe und wurde hitziger. Sie infizierte die Tänzer auf der Piazza, die sich wie Besessene zu bewegen begannen, die in alle Richtungen zappelten und stampften. Auch Rita, vom Feuer der Pizzica ergriffen, machte sich von ihrem Mann los, um näher zur Bühne zu gehen. Er aber griff nach ihrem Handgelenk und zog sie an sich.
»Rita ...«
Sie drehte sich um.
Ihre Augen waren so rot wie der Sonnenuntergang.
Sie schaute ihn schweigend an.

Dann befreite sie sich mit einem Ruck aus seiner Umklammerung und rannte beinahe auf die Bühne zu, wo die Pizzica immer verrückter wurde.

Die Scham der Sonnenblumen

Wie eine Gazelle hüpfte und sprang sie durch die Sonnenblumen, um sich nicht einfangen zu lassen. Fellone war ihr auf den Fersen, aber die vielen Zigaretten raubten ihm den Atem und erschöpften ihn. Cicciariello keuchte hinter ihm her wie eine schwangere Sau, der der Atem ausgeht.

Caterina hoffte, sie wäre in Sicherheit, wenn sie die Brücke erreichte. Aber sie hatte kaum Zeit für diese Illusion, weil vor ihr zwischen den Blumen Capa di Ciuccio auftauchte.

Er war schnell auf den Beinen und ausdauernd, und sie war schon so lange gerannt.

Caterina versuchte, die Richtung zu wechseln, aber Capa di Ciuccio sah es und schnitt ihr den Weg ab. Währenddessen kam Fellone näher, und so schloss sich der Kreis, um sie und ihre Hoffnung.

Sie versuchte, einen Haken zu schlagen, sie wollte in Richtung Brücke.

Capa di Ciuccio griff nach ihr und bekam ihr Kleid zu fassen. Der Stoff riss, und er tat einen Sprung und packte sie mit beiden Händen an den Hüften.

Caterina wusste, dass es aus war.

»Lass sie nicht abhauen!«, schrie Fellone.

Das Mädchen schlug um sich, um sich zu befreien,

aber sie hatte keine Chance, Capa di Ciuccios Griff war fest wie eine Zange.
In diesem Moment erschien Fellone, etwas später Cicciariello.
Fellone war schweißgebadet und atmete schwer, aber seine Augen waren wild, als wollten sie aus den Höhlen springen.
»Mè, was willst du?«, sagte Caterina, ohne den Blick zu senken.
»Hast du das immer noch nicht verstanden?«, antwortete Fellone.
»Drei Männer gegen ein Mädchen, sehr tapfer!«
»Deinen Sturkopf rück ich dir schon noch zurecht«, sagte Fellone mit einem kalten Lächeln.
Dann kam er näher und versuchte, sie auf den Mund zu küssen.
Caterina wich zurück und spuckte ihm ins Gesicht.
»Capa di Ciuccio, nun halt die schon fest!«
Der Eselskopf packte sofort fester zu, so dass er ihr fast die Handgelenke brach, aber Caterina gab keinen Laut von sich.
Fellone kam wieder näher, griff nach dem geblümten Kleid des Mädchens und zerrte so wütend daran, dass es bis zu den Hüften aufriss.
Zum Vorschein kamen ein lilafarbener BH und ein ebenfalls lilafarbener Slip.
Fellone lächelte zufrieden.
Sie gab nicht auf und trat ihm gegen das Knie.

»Du bist wirklich eine blöde Fotze!«, rief Fellone und rieb sich das Knie vor Schmerz.
Aber das Spiel begann ihm zu gefallen. Es erregte ihn.
»Mè, leg sie flach hin«, befahl er Capa di Ciuccio.
Der versuchte es, aber trotz all seiner Kraft gelang es ihm nicht. Cicciariello musste ihm helfen, und zu zweit hielten sie das Mädchen im Gras fest.
»Woll'n wir mal sehen, wie lang du die Sture spielst«, sagte Fellone.
Und er beugte sich über sie, um ihr den BH wegzureißen.
»Verdammter Feigling!«, schrie Caterina und versuchte, sich in sein Ohr zu verbeißen. Und gleich darauf, weil sie nicht aufgeben wollte, schrie sie mit aller Kraft, die ihr geblieben war.
Fellone riss einen Fetzen von ihrem geblümten Kleid ab und stopfte ihn ihr irgendwie in den Mund, damit sie nicht mehr schreien und beißen konnte.
Dann knöpfte er sich die Hose auf.
Genau in diesem Moment strich, gleich einem Murmeln, der Scirocco durch das Feld. Und die Sonnenblumen drehten zu Tausenden ihre Köpfe in Richtung Teich, so als wendeten sie ihren Blick ab vor Scham.
Fellone bemerkte sie nicht einmal.
Die Wut rötete seine Augen, und sein Lächeln war zur Fratze eines Schakals geworden.
Doch während er sich die Hose runterzog, ertönte inmitten der Blumen der laute Klang der Tammorra.

Lorenzo!, dachte Caterina.
Und ihr fiel wieder ein, wie sie mit der Cousine Sognafuturo gespielt und davon geträumt hatte, dass ein Ritter den Seiten eines Romans entstieg und sie vor Gefahren beschützte.
Lorenzo!, dachte sie noch einmal.
Und trotz allem überkam sie ein Lächeln, das ihr Herz erleuchtete.

Er schmeckte das Blut, und alle Knochen taten ihm weh. Arme und Beine waren schwer wie Blei, sein Gesicht fühlte sich an wie ein Ballon.
Eine Ameise krabbelte ihm über den kleinen Finger, aber er hatte nicht mehr die Kraft, die Hand zu bewegen.
Ihm blieb nur die Hoffnung, dass es Caterina gelungen war zu fliehen. Aber diese Hoffnung hatte er nur so lange, bis er das Mädchen schreien hörte. Nicht mal Tiere schrien so verzweifelt, wenn man sie schlachtete.
Sein Magen krampfte sich zusammen, und Tränen liefen ihm über die Wangen. Während er wie ein kleiner Junge weinte, fiel ihm wieder ein, wie der Großvater einen Monat zuvor, als er sechzehn geworden war, zu ihm gesagt hatte: »Jetzt bist du ein Mann, Lorè.« Und er hatte ihm eine Tammorra geschenkt, die ihm ganz allein gehörte.
Es sieht einfach aus, die Tammorra zu spielen, aber man braucht Leidenschaft, Begabung und Stolz.
»Lorè«, hatte der Großvater weiter gesagt, »zum Fest von Santu Vito möchte ich, dass du so weit bist.«
Vom Fest von Santu Vito träumte man in der Nacht. Aus den Städten und den benachbarten Regionen

kamen sie herbei. Selbst Ausländer kamen zum Fest von Santu Vito. Und das Fernsehen, sie drehten für die Abendnachrichten. Alle kamen sie, aber nicht wegen dem Santu, sondern um das Konzert der Pizzicari zu hören und die ganze Nacht zu tanzen.
Deshalb war der Großvater ein wenig verwundert, als Lorenzo endlich den Mut fand, ihm zu sagen, dass er die Pizzica verpassen würde, und hatte gefragt, ob er Angst hatte zu spielen.
»Nein«, antwortete Lorenzo.
»Dann ist es das Mädchen, das lächelt wie die Sonne und dich gestern gesucht hat?«
Lorenzo wurde rot und senkte vor Scham den Kopf.
»Gut so«, sagte der Großvater. »Feste kommen immer wieder, aber so ein Lächeln begegnet dir nur einmal im Leben.«
Lorenzo trocknete sich die Tränen und hörte Caterina noch einmal schreien.
Die Kraft fehlte ihm, aber es gab etwas, das konnte er tun. Er schaute sich suchend um. Seine Augen waren so geschwollen, dass er fast nichts sah.
Er suchte.
Bis er sie entdeckte.
Die Tammorra.
Dann kroch er zwischen den Blumen entlang, Zentimeter für Zentimeter, bis er das Fahrrad erreicht hatte. Er richtete sich ein wenig auf, streckte die Hand nach dem Sattel aus und nahm die Tammorra.

Er hob sie hoch.
Er atmete tief durch.
Und begann, sie zu schlagen.
Er spielte.
So laut er konnte.
Er spielte.
In der Hoffnung, dass die Musik bis ins Dorf drang, jemand sie hörte und zu Hilfe kam.
Er spielte. Und spielte.
Dann hörte er Schritte.
Er spielte weiter.
Jemand tauchte zwischen den Blumen auf. Er hatte das Gefühl, dass er näher kam. Aber er konnte nicht erkennen, wer es war.
Er spielte weiter und lächelte vielleicht.
Der Tritt des Fellone erwischte seine Hand und brach ihm die Finger.
Die Tammorra flog weg, dann folgte ein weiterer Tritt, und er sank blicklos in das Grün.

Der Sperber

»Verdammt, diese Hitze«, sagte Dummenico.
Er zog das Hemd aus und warf es auf den Rücksitz.
»Kann's kaum erwarten, zu Hause unter die Dusche zu springen.«
»Du bist zu aufgedreht«, sagte der Professor.
»Du etwa nicht?«
»Mè, und wie.«
»Dann lass uns nach der Dusche zur Feier des Tages ein Glas Primitivo trinken.«
»Willst du nichts essen?«
»Wir kaufen uns Salsiccia bei Meuccio und grillen sie unter den Sternen. Sollst mal sehen, wie der Wein dazu runtergeht.«
»Ich krieg schon Hunger, Mimmù.«
Der Lieferwagen bog zwischen die Olivenbäume ab und fuhr in Richtung Steigung, die zur Brücke führte.
Plötzlich hörten sie etwas, das wie Donner klang.
»Was war das denn, Prufessò?«
»Schon wieder? Bist du bekloppt geworden, dass du Stimmen hörst?«
»Und du bist taub, Prufessò, du hörst gar nichts.«
»Wird ein Vogel gewesen sein.«
»Klang eher wie Donner.«
»Donner?«

Der Professor schaute in den Himmel.
»Mè, Mimmù, Wolken kannst du hier lange suchen.«
»Klang aber so.«
»Vielleicht ist dein Blutdruck zu hoch. Da bildet man sich manchmal ein, Geräusche zu hören.«
Dummenico antwortete nicht.
Er lehnte sich aus dem Fenster, um besser zu hören.
Und hörte das Geräusch noch mal.
»Von wegen mein Blutdruck, Prufessò! Das klingt nach 'nem Tamburin.«
»Ein Tamburin? Sind wir hier in Afrika?«
»Mach mal den Motor aus!«
Der Professor fuhr an der Seite ran, machte den Motor aus und lauschte ebenfalls.
»Du hast recht«, sagte er kurz darauf.
Die Schläge waren lauter und entschiedener geworden.
»Das klingt nach 'ner Tammorra«, fügte er hinzu.
»Tammorra oder Tamburin, normal ist das nicht«, antwortete Dummenico.
Und er stieg aus dem Lieferwagen.
»Wo willst du hin?«
»Ich will wissen, was da los ist«, sagte er und ging in Richtung Teich.
»Sciàmmene, Mimmù, wenn die Carabinieri kommen, sind wir dran.«
Die Tammorra verstummte plötzlich.

»Schon vorbei.«
Dummenico blieb stehen und lauschte, aber er hörte nichts mehr und kam zurück zum Lieferwagen.
»Komm, lass uns verschwinden, ist besser«, drängte der Professor.
Dummenico öffnete die Tür. Er war unsicher.
»Mè, sonst hat Meuccio zu«, sagte der Professor.
Dummenico stieg endlich ein. Der Professor hatte ja recht. Aber während er einstieg, sah er einen Sperber hoch am Himmel kreisen.
Der Sperber, den er am Muntagnone gesehen hatte, kam ihm wieder in den Sinn. Und auch diesmal wusste er plötzlich, was er zu tun hatte.
Er stieg aus.
»Mè, Mimmù, was ist los?«
»Die Tammorra ruft uns!«
»Ruft uns? Mimmù, hat dir die Sonne das Hirn verbrannt?«
»Scheiß auf die Sonne, Prufessò, sie ruft uns, glaub mir.«
Und er ging entschlossen zum Teich, während der Professor ihm hinterherfluchte.
Er sprang über einen wilden Rosenbusch. Dann bog er bei einem umgefallenen Baumstamm ab. Kaum war er am Teich vorbei, tauchte das Gelb der Sonnenblumen auf, die im Wind flatterten.
So schön war es, dieses Schauspiel, dass er einen Augenblick lang wie verzaubert stehen blieb.

Dann merkte er, dass die Sonnenblumen nicht wie gewöhnlich in Richtung der Sonne schauten, dass ihre Köpfe in die andere Richtung gedreht waren.
Hunderte und Tausende von Sonnenblumen, die der Sonne den Rücken kehrten!
Ihm lief ein Schauer über den Rücken, fast rannte er in die Richtung, aus der die Klänge der Tammorra gekommen waren.

»Der macht keinen Mucks mehr«, sagte Fellone, als er sicher war, dass sich Lorenzo nicht mehr rührte.

Dann lief er zurück zu Caterina.

Das Mädchen lag immer noch auf dem Boden, Capa di Ciuccio hielt sie fest. Cicciariello hockte daneben, berührte ihre Brüste und sabberte wie eine trächtige Sau kurz vor der Niederkunft.

»Was machst du da?«, fragte Fellone mit einem Blick, der wie ein Blitz auf Cicciariello hinabfuhr.

»Ich mach sie mir gefügig«, antwortete Cicciariello, der zu erregt war, um zu merken, dass er einen Fehler beging.

Fellone packte ihn hart am Kragen und riss ihn von dem Mädchen weg.

»Erst ich«, sagte er schneidend wie ein Messer. »Das hab ich dir schon mal erklärt.« Und er schubste ihn weit weg.

Cicciariello kuschte.

»Klar, du zuerst, Fellone«, antwortete er.

Wieder knöpfte sich Fellone die Hose auf, vorher hatte ihn die Tammorra gestört. Aber jetzt konnte ihn keine Tammorra und auch sonst nichts mehr stören, und er zog die Hosen runter und schob sich zwischen die Beine des Mädchens. Caterina biss auf dem Stoff herum. Wenn sie die Hände zwei Sekunden frei gehabt hätte, hätte sie Fellones Gesicht zerkratzt. Aber sie konnte nur den Kopf bewegen, der nach links und rechts schlug, als wollte er sich vom Hals lösen.

Fellone griff nach dem Kopf des Mädchens und hielt ihn fest.

»Mè, schau mich an«, schrie er.

Und er legte sich auf sie, seine Wut mischte sich mit Schweiß.

Da erhob sich ein unglaublich heißer Wind im Sonnenblumenfeld. Um sie herum bebten die Blumen, und zitternd öffneten sie sich wie ein Vorhang.

Und hinter diesem Vorhang tauchte Dummenico auf. Mit seinem nackten Oberkörper und dem schwarzen Schnurrbart sah er aus wie ein Sarazene.

»Santu Vito Liberatore, was zum Teufel treibt ihr da?«

Fellone, so scharf, wie er war, würdigte ihn kaum eines Blickes.

»Was geht dich das an, verdammte Scheiße?«, fragte er.

»Mè, das zeig ich dir, was mich das angeht«, antwortete Dummenico.

Und er trat ihm so fest in den Hintern, dass er beinahe vom Boden hochflog.

Cicciariello warf sich sofort auf ihn, aber Dumme-

nico schlug mit dem Handrücken so fest zu, dass sich der Junge mit dem Gesicht auf der Erde wiederfand.
An diesem Punkt musste sich Capa di Ciuccio einmischen. Er ließ Caterina los und warf sich auf Dummenico und schlug ihm mit der Faust ins Gesicht. Aber Dummenico konnte einstecken und austeilen, und er parierte mit einem Schlag auf die Nase. Capa di Ciuccio wankte einen Augenblick lang, dann fand er sein Gleichgewicht wieder und stieß ihm das Knie in den Magen. Aber Dummenicos Magen war hart wie eine Trommel, und der Stoß ließ ihn kalt.
Capa di Ciuccio versuchte es mit einem Kopfstoß, doch der streifte Dummenico nur, der Capa di Ciuccio am Ohr packte und begann, daran zu drehen, bis der andere vor Schmerzen mit den Zähnen knirschte. Mit der freien Hand griff er Capa di Ciuccio in die Eier und drückte zu.
»Wenn's dir reicht, sag Bescheid, dann sind wir schneller fertig«, sagte Dummenico.
Während die beiden miteinander kämpften, wurde Caterina klar, dass sie frei war. Zuerst riss sie sich den Stofffetzen aus dem Mund, um Luft zu holen. Dann stand sie auf und suchte etwas, um sich zu bedecken. Fellone kam von hinten und packte ihren Arm. Aber das Mädchen drehte sich um und trat ihm so fest zwischen die Beine, dass er losließ. Gleich darauf ging sie ohne Angst auf ihn zu, griff ihm ins

Gesicht und kratzte. Als er vor Schmerz aufschrie, spuckte sie ihn an, einmal, zweimal.
Dann nahm sie, was von ihrem Kleid übrig war, und rannte davon, in die Sonnenblumen hinein, so schnell sie konnte.
Dummenico drehte noch immer am Ohr und den Eiern von Capa di Ciuccio und fragte, ob er genug habe. Und Capa di Ciuccio, der vor Schmerz keine Luft mehr bekam, war kurz davor zu kapitulieren, als sich Cicciariello von hinten näherte und Dummenico mit dem dicken Ast eines Olivenbaums in die Nieren schlug. Dummenico ließ Capa di Ciuccio los und drehte sich zu Cicciariello um. Er schlug zu, und Cicciariello machte einen meterweiten Satz.
Dann wandte sich Dummenico wieder Capa di Ciuccio zu.
Und sah, dass der Junge ein Messer in der Hand hielt.
»Ich dachte, du wärst ein Mann«, sagte Dummenico.
Er schaute sich um, er brauchte etwas, um sich zu verteidigen, mit bloßen Händen hatte er keine Chance.
Capa di Ciuccio kam langsam näher und Dummenico wich zurück. Sie belauerten sich, und dann sah Dummenico einen Stein am Boden liegen. Als er sich danach bückte, trat Fellone, der dort am Boden lag, nach ihm.
Dummenico stolperte und verlor das Gleichgewicht.
Und während er versuchte, sich aufzurichten, grinste Capa di Ciuccio sein Grinsen, das nichts Freund-

liches hatte, und er sprang vor, um auf Dummenico einzustechen.

Dummenico sah das Grinsen, und er wusste, dass der andere ihn fertigmachen würde, er war sicher, dass sein letztes Stündlein geschlagen habe, und dann dachte er an seine Rosetta.

Aber Capa di Ciuccio konnte keinen Schritt mehr tun, denn aus den Sonnenblumen ertönte ein Schrei, der ihm das Blut in den Adern gefrieren ließ. Und dann ein Schatten, etwas schoss aus dem Feld wie ein Wolf und warf sich mit gesenktem Kopf auf Capa di Ciuccio.

Aber es war kein Wolf.

Es war der Professor, der sich zwischen den Blumen versteckt hatte, zitternd vor Angst, eingreifen zu müssen. Doch als Dummenico gestolpert war und Capa di Ciuccio sein tödliches Grinsen grinste, konnte er nicht länger warten. Er bekreuzigte sich, und mit einem Schrei, um die Angst zu besiegen, warf er sich nach vorn.

Einen Augenblick lang war Capa di Ciuccio wie vom Donner gerührt.

Dann drehte er sich in Richtung des Schattens und stach ihm das Messer in den Bauch.

Der Professor spürte die Überraschung stärker als den Schmerz. Er packte Capa di Ciuccios Hand und blieb so, er hing an dem Messer und der Hand, ohne zu wissen, was er tun sollte.

Einen Augenblick lang schien die Welt stillzustehen. Das Feld erstarrte. Der Atem der Menschen, das Zittern der Sonnenblumen, das Seufzen des Windes.
Aber nur einen Augenblick lang.
Dann schmetterte Dummenicos Faust auf Capa di Ciuccios Stirn. Der wurde von dem Schlag ins Gras geschleudert. Und riss im Fallen das Messer mit.
Der Professor spürte den Schmerz der Wunde, die sich öffnete.
Dann sah er das Blut.
Erst wenig, ein Rinnsal.
Dann sprudelte es wie ein Brunnen.
Der Professor hielt sich den Bauch. Und starrte verständnislos auf das fließende Blut. Auch Cicciariello, Fellone und Capa di Ciuccio starrten das Blut an, verängstigt und erschrocken über das sprudelnde Rot, das sich im Feld ausbreitete.
Das nicht mehr aufhörte zu fließen.
»Mimmù ...«, sagte der Professor und streckte eine rote Hand nach dem Freund aus.
Dummenico drückte sie.
»Das kriegen wir wieder hin«, sagte er.
»Einen Scheiß kriegen wir hin, Mimmù«, antwortete der Professor.
Und während die Sonnenblumen im Wind zitterten, sank er zu Boden.

Die Wut des Zyklopen

Als er den Freund im Sonnenblumenfeld zusammenbrechen sah, erbebte Dummenico bis auf die Knochen. Und mit dem Beben erfüllte eine Wut seine Brust, die ihm das Herz herausreißen wollte. In seiner Raserei drehte er sich um.

Fellone und Cicciariello hatten begriffen, dass die Sache aus dem Ruder gelaufen war, und krochen durch die Blumen zum Roller, so schnell sie konnten.

Capa di Ciuccio blieb.

Er saß im Gras.

Benommen vom Faustschlag. Und verwirrt darüber, was er angerichtet hatte.

Dummenico grunzte, als wollte er ihn verschlingen.

Dann machte er einen Schritt auf ihn zu.

Capa di Ciuccio sah ihn auf sich zukommen, die Hände befleckt vom Blut des Freundes, der schwarze Schnurrbart zitternd vor Wut. Er sah ihn vor sich wie einen entfesselten Zyklopen, der nicht mehr aufzuhalten war.

Dann spürte er, wie die Schläge auf ihn niederprasselten, und er krümmte sich nur noch zusammen wie ein Kind im Schlaf und schützte den Kopf mit den Händen.

Dummenico trat und schlug auf ihn ein, besinnungslos. Immer wieder schrie er: »Ich bring dich um, so wahr die Sonne jeden Morgen aufgeht, ich bring dich um.« Und drosch weiter ohne Unterlass auf ihn ein. Capa di Ciuccio wurde ohnmächtig und brach ohne einen Klagelaut im Gras zusammen.

Da drehte Dummenico sich um und griff nach einem Stein, der so groß war wie ein Zicklein. Er hob ihn gen Himmel, und so, mit nackter Brust, mit dem Blut des Freundes befleckt, und diesem Stein, den er in die Höhe hielt, sah er aus wie der Zyklop, der sich blindwütig auf den Seemann stürzt, der ihn getäuscht hat.

Er trat zu Capa di Ciuccio und schaute auf ihn herab.

»Wie ein Tier verreckst du, so wie du's verdient hast«, schrie er.

Er schäumte vor Wut und Schweiß, und er hob den Stein, so hoch er konnte, und hielt ihn, und zögerte. In diesem Augenblick des Zweifels brüllte der Professor los.

»Nicht, Dummenico!«

Mimmù drehte sich zu seinem Freund um.

»Die Armen fressen die Armen«, sagte der Professor, »und in der Zwischenzeit verarschen uns die Reichen.«

Der Roller mit Fellone und Cicciariello schoss die Straße entlang, die nahe am Feld vorbeiführte.

»Mach keinen Scheiß, Mimmù«, sagte der Professor noch mal leise. Und brach zwischen den Sonnenblumen zusammen.

In diesem Moment verbarg sich die Sonne hinter dem Muntagnone, und in der Dunkelheit, die sich über das Feld senkte, näherte sich ein blinkendes blaues Licht.

Die Pizzica

Um sieben Uhr abends

Der Schuster saß auf einem Schemel auf der Bühne und bewegte kaum die rechte Hand, aber die Finger tanzten flink über die Tasten, während die Linke den Blasebalg öffnete und schloss. So stiegen die Töne aus dem Akkordeon und gaben den anderen Musikanten den Rhythmus vor.

Dem Mandolinenspieler, der die Finger über die Saiten gleiten ließ, so behände, dass man sie kaum sah.

Dem Dudelsackspieler, der seinen Atem in das Ziegenleder blies und es wie einen Ballon anschwellen ließ.

Dem Flötenspieler, der in seine Flöte blies und Töne erzeugte, die aus untergegangenen Welten zu stammen schienen.

Dem Tammorra-Spieler, der sein Instrument mit der Kraft seiner Jahre schlug.

Der weiß gewandeten Sängerin, deren klare Stimme schöner strahlte als die Sonne, wenn der Grecale weht.

Und auf dem Holz der Bühne stampften zwischen den Musikern barfuß die Tänzer, ein Mann und eine Frau, zwei Liebende, betrunken von Leidenschaft und Musik.

Die Musik.
Eine Welle des Meeres war sie geworden, die sich auf ein Schiff wirft und dagegenschlägt, um es zu versenken.
Ein tobender Wind, der sich aus den Bergen erhoben hat und auf die Felder herabsteigt, um alle Blumen zu verwüsten.
Eine Glut, die sich über der Piazza ausgebreitet hat.
Und jetzt brannte sie lichterloh, die Piazza, und die Menschen, erfasst vom Feuer der Pizzica, konnten nicht mehr stillhalten. Alle tanzten durch das Dorf. Je wilder sie tanzten, umso heftiger wurde der Drang, die Beine zu bewegen; je mehr sie schwitzten, umso schneller wollten sie sich ihrer Kleider entledigen; je lauter sie schrien, umso leichter wurde ihre Seele.
Sie tanzten alle miteinander.
Zwei Alte, die auf ihre Enkel gestützt zum Fest gekommen waren, tanzten mit den anderen, als ob sie den Tod bannen könnten. Und vielleicht konnten sie das wirklich, vielleicht tanzte der Tod selbst auf der Piazza, besoffen von der Musik und dem Scirocco.
Selbst die Feuerschlucker, die auf dem Corso standen und Flammen spuckten und sich so ein paar Kröten verdienten, bewegten sich im Rhythmus der Pizzica und riskierten, sich die Luftröhre zu verbrennen.
Selbst die Messdiener vor der Kirche, die den Heiligen auf den Schultern durch das ganze Dorf getragen hatten – sie tanzten, sie zogen sich die Messgewän-

der hoch, um nicht zu stolpern, und zeigten ihre behaarten Beine, die sich ruhelos bewegten.
Und inmitten dieses Tohuwabohus aus Musik und Tanz, inmitten des Gewimmels aus Armen und Beinen, dieser Entfesselung der Körper und Seelen lief ein Mädchen, das sich nur wie durch ein Wunder aufrecht hielt, mehr nackt als bekleidet zur Piazza, und keiner nahm Notiz von ihr.
Sie schleppte sich barfuß über das Pflaster und schaute sich suchend um, ohne zu wissen, wonach sie suchte.
Und keiner sah sie, alle waren von der Pizzica verhext und folgten nur der Musik.
Selbst Rita, die besinnungslos zwischen den anderen tanzte, schien sie nicht zu bemerken.
Bis plötzlich etwas ihrem Herzen einen Stich versetzte.
Sie spürte, wie jemand sie wortlos rief.
Sie begann, die Piazza abzusuchen, schob die Menschen beiseite und schaute sich um.
So fand sie sie schließlich.
»Caterina!«, schrie sie.
Und sie stürzte erschrocken auf ihre Tochter zu, die sich über die Piazza schleppte.

Der folgende Tag

Die Dunkelheit der Nacht hatte sich noch nicht entschlossen, die Bühne dem Tag zu überlassen. Sie zog durch die Gassen des Dorfes, vom Wein und der Musik schwirrte ihr noch der Kopf. Auf der Bühne schliefen zwei junge Leute in enger Umarmung. Eine schwangere Hündin, deren Zitzen schwer von Milch herunterhingen, suchte zwischen den Mülltonnen nach etwas Essbarem. Und das einzige Geräusch in der Nacht war der Besen des Straßenfegers, der über das Pflaster fuhr.

Caterina hatte sich in einen unruhigen, wenig erholsamen Schlaf geflüchtet, gequält von den Schatten des Sonnenblumenfeldes. So war die ganze Nacht vergangen, ihre Mutter war bei ihr, tröstete sie und versuchte herauszufinden, was passiert war. Aber sie weinte nicht und sprach nicht über das, was geschehen war, und die wenigen Worte, die sie im Schlaf gemurmelt hatte, gaben nichts preis.

Nur als sie auf der Piazza angekommen war, halb nackt, und sich von Angst und Schmerz gequält in die Arme der Mutter geworfen hatte, nur da hatte sie etwas gesagt: »Es ist meine Schuld.« Und hätte beinahe geweint.

Es waren Tränen der Wut, nicht der Verzweiflung,

und sie trockneten, als sie Lorenzos Großvater auf der Bühne sah, der sie anschaute. Da löste sie sich aus den Armen der Mutter und versuchte einen Schritt in Richtung Bühne. Der Schuster verstand, dass das Mädchen ihm etwas sagen wollte, und ohne das Akkordeon abzustreifen, stieg er herab und ging ihr entgegen. Als er bei ihr war, flüsterte Caterina ihm etwas ins Ohr, den Mund mit der Hand verdeckend.

Der Schuster streichelte sie. Dann ließ er das Akkordeon auf der Bühne liegen, entschuldigte sich bei den anderen Musikanten und ging in seine Werkstatt. Dort nahm er die Schlüssel des Lieferwagens, stieg ein und raste über die Landstraße zur Brücke.

So verging die Nacht.

Mit Kaffee anstelle von Essen, mit dem Schuster, der seinen Enkel im Sonnenblumenfeld fand und ins Krankenhaus brachte, mit Caterina, die schlief und jedes Mal, wenn sie aufwachte, nach Lorenzo fragte, mit Rita, die am Bett der Tochter saß, mit Lorenzo, der nach Caterina fragte, während sie ihm die Hand eingipsten und die Wunde nähten. Und mit Giovanni, der immer wieder sagte, dass genau so etwas passierte, wenn man die Wünsche der Eltern nicht respektierte.

Jetzt war es fünf Uhr morgens.

Die Dorfglocken schlugen die Stunde in der Dunkelheit, die ihres Weges ging. In der Stille, die sich ausbreitete, goss sich der Straßenfeger etwas Kaffee aus der Thermosflasche ein, die er bei sich trug. Und die schwangere Hündin schlich um ihn herum in der Hoffnung, dass er ihr etwas zu essen gab.

Genau in diesem Moment, als sich Giovanni aufs Sofa legte und die Glocke den fünften Schlag schlug, klopfte es bei den Avagliani.

»Wer kommt denn jetzt?«, fragte Rita.

Und sie schaute ihre Tochter an, die sich im Schlaf wälzte, und dachte, die Carabinieri. Wie immer, dachte sie: Die am wenigsten Schuld haben, werden verantwortlich gemacht.

Es klopfte noch einmal.

»Giuvà, steh auf, es klopft!«

»Wer ist das denn?«, fragte ihr Mann noch halb im Schlaf.

»Weiß ich nicht. Sieh nach.«

Er stand auf, schlüpfte in die Schuhe und öffnete, als es zum dritten Mal klopfte.

Vor sich hatte er die elende Fresse von Mino Calasetta.

»Guten Morgen«, sagte Calasetta.

»Guten Morgen, Dottore«, antwortete Giovanni.

Er war erstaunt, ihn um diese Uhrzeit zu sehen, denn der Tag roch noch nach Nacht.

»Ist auf der Baustelle was passiert?«, fragte er unruhig.

Dachte aber sofort, dass Calasetta sich nicht zu ihm

bequemt, sondern angerufen hätte, wenn es um die Arbeit ginge.
»Lass mich rein«, sagte Calasetta, »ich muss mit dir reden.«
Giovanni ließ ihn rein, und Calasetta ging ins Esszimmer.
»Möchten Sie einen Kaffee?«, fragte Giovanni, nachdem er die Tür geschlossen hatte.
»Ja, vielleicht«, sagte Calasetta, »mit einem Glas Wasser, die Hitze macht einen verrückt.«
Giovanni ging in die Küche, um Kaffee zu kochen. Sogleich schaute Rita durch die andere Tür in die Küche.
»Wer ist es?«
»Calasetta.«
»Calasetta?«
»Ja.«
»Und was will er?«, fragte seine Frau, ohne ihre Abscheu zu verbergen.
»Keine Ahnung.«
»Giuvà, den will ich nicht bei mir im Haus haben.«
»Er sagt, er will reden.«
»Dann redet im Garten.«
»Mè, Rita, ich bitte dich«, sagte Giovanni gereizt. Sie antwortete nicht, sondern ging zurück zu ihrer Tochter.
Giovanni goss Kaffee ein, holte ein Glas Wasser und ging ins Esszimmer zurück.

Da erst, als Calasetta den Kaffee trank, schaute Giovanni ihn genauer an. Und er bemerkte, wie erschöpft Calasetta aussah, wie er nur mit Mühe seine Sorge verbarg. Ihm zitterte sogar die Hand.
»Dottore, was ist passiert?«, fragte Giovanni.
So hatte er ihn noch nie gesehen.
Mino Calasetta trank den Kaffee aus, trank das Wasser, und als er die verlorene Ruhe wiedergefunden hatte, schaute er Giovanni in die Augen.
»Ich will dir etwas vorschlagen«, sagte er. »Aber denk genau nach, bevor du antwortest, denn das schlage ich nur einmal vor.«

Der Vorschlag

Mino Calasetta hatte in der ersten Reihe gesessen und sich das Konzert in Begleitung einer ausländischen Signora angehört, die er in der Dorfbar kennengelernt hatte. Er hatte sie angesprochen und ihr dann galant den Hof gemacht. Und damit sie ihm nicht abhaute, hatte er ihr für das Konzert am Abend einen Platz in der ersten Reihe besorgt. Ab und an machte er einen Witz, um sie zum Lachen zu bringen, und mit jedem Lachen reichte er ihr ein neues Glas Wein, damit sie gefügiger wurde. Sogar die Pizzica hatte er mit der Signora getanzt, und so, wie sie sich an ihn schmiegte, schien der Augenblick reif, sie mit in sein Büro zu nehmen. Er sah sie schon über den Tisch gebeugt, mit hochgezogenem Rock und nacktem Hintern, als ein Schrei auf der Piazza ihn aus seinen Träumereien riss.
Er war aufgesprungen, um zu sehen, was los war. Und stellte fest, dass es Rita Avagliani war, die geschrien hatte. Als er sah, was mit dem Mädchen los war, war ihm ein Verdacht gekommen. Deshalb hatte er sich bei der Signora entschuldigt und war seinen Sohn suchen gegangen, in der Hoffnung, dass er sich irrte und schnell zu ihr zurückkonnte.
Er fand ihn auf dem Sofa liegend, ein Bier in der

Hand und im Gesicht eine Wunde, die er mit einem Taschentuch zu verstecken suchte.
Er schaute ihn scharf an und fragte, ob das was mit Caterina zu tun hatte.
»Kümmere dich um deinen Scheiß«, sagte sein Sohn und versuchte, seinem Blick auszuweichen.
Mino Calasetta begriff, dass er seinen Sohn zu lasch erzogen hatte und dass es vielleicht zu spät war, das noch zu ändern. Er begriff nicht, dass es sein Beispiel war, das den Sohn mehr verdorben hatte als die Freiheit, die er ihm gewährte.
Trotzdem zog er seinen Gürtel aus der Hose und fragte noch mal, ob das was mit dem Mädchen zu tun habe. Und sein Sohn, der glaubte, der Vater mache nur Theater, vermaulte sich noch einmal.
Calasetta schlug zu, bevor er es sich anders überlegte.
Beim ersten Schlag schrie Fellone erschrocken auf. Beim zweiten rief er nach seiner Mutter, aber die lag im Bett, vollgepumpt mit Schlafmitteln. Beim dritten Hieb brach er in Tränen aus, und dann erzählte er dem Vater alles, was es zu erzählen gab.
Mino Calasetta schenkte sich einen Schluck Nocino in ein Schnapsglas ein. Das Glas hatte ihm seine Frau aus Spanien mitgebracht, bevor sie depressiv geworden war. Eine spanische Tänzerin prangte darauf, die einen Flamencoschritt mit einem offenen Fächer vollführte.

Mino Calasetta trank den Nocino und betrachtete die wirbelnde Tänzerin.
Dann schloss er sich in seinem Büro ein, um ein paar Telefonate zu machen. Er erfuhr, dass der Verletzte wahrscheinlich nicht überleben würde und Capa di Ciuccio verhaftet worden war. Caterinas Name fiel nicht.
Noch konnte die ganze Angelegenheit also ohne Schaden verschleiert werden, wenn das Mädchen den Mund hielt. Eine delikate Angelegenheit, aber über den Vater von Caterina konnte man es versuchen. Der Mann hatte schon gezeigt, dass er wachsweich war und leicht einzuschüchtern.
Deshalb ging Mino Calasetta am nächsten Morgen um fünf Uhr zum Haus der Avagliani.
Giovanni erklärte er, dass er ihm den Lohn verdoppelte und als Wiedergutmachung fünfzigtausend Euro in bar zahlte, wenn das Mädchen schwieg. Und aus der Hosentasche zog er ein Bündel Scheine und legte es auf den Tisch, er hatte es extra mitgebracht, um Eindruck zu schinden.
Giovanni starrte das Geld an.
Dann das selbstsichere Lächeln von Calasetta.
Und dann noch mal das Geld.
Er wusste nicht, was Caterina zugestoßen war, aber etwas musste zwischen ihr und Fellone geschehen sein. Und man musste nicht studiert haben, um zu verstehen, dass es nichts Angenehmes gewesen sein

konnte. Er dachte auch daran, wie der doppelte Lohn und die fünfzigtausend Euro ihr Leben verändern würden. Die Kleinen könnten ruhiger aufwachsen, und das Geld würde seine Frau milde stimmen.
Er entschied sich nicht schnell genug.
In der Tür hinter ihnen erschien Rita.
Das Haar hing ihr um den Kopf wie einer rasenden Medea, ihre Augen waren vor Wut gerötet, und die Schere in ihrer Hand schien ein Schwert zu sein.
»Schwein!«, zischte sie, schneidend wie ein Rasiermesser.
Es war nicht klar, ob ihr Mann, Calasetta oder alle beide gemeint waren.
»Du Schwein«, sagte sie und richtete die Schere auf Calasetta, »du kaufst dir Dinge und Menschen, wie es dir passt, und jetzt willst du auch noch Kinder kaufen. Und du bist auch ein Schwein«, sagte sie und richtete die spitzen Klingen der Schere auf ihren Mann, »weil du dein Gewissen und deine Träume für ein Nichts verkauft hast, und jetzt willst du auch noch die deiner Tochter verkaufen.«
Einen Augenblick lang waren die Männer sprachlos. Dann schienen sie antworten zu wollen, aber Rita ließ ihnen nicht die Zeit, Luft zu holen.
»Raus!«, schrie sie und machte mit der gezückten Schere einen Schritt auf sie zu. »Alle beide raus, bevor ich mich vergesse und nicht mehr weiß, was ich tu.«

Und die beiden Männer verließen erschrocken und eingeschüchtert das Haus, ohne einen Mucks.

Nur ein Wunder

»Hast du gehört, Prufessò?«, fragte Dummenico. »Der Commissario hat gedacht, ich hätte mit dem Messer auf dich eingestochen. Der wollte mich schon verhaften. Er hat gedacht, ich bin völlig durchgedreht und hab dich niedergestochen und mich dann auf diesen Jungen gestürzt. Versuch so einem mal zu erklären, dass uns 'ne Tammorra ins Feld gerufen hat und dass dort drei Tiere über das Mädchen hergefallen sind. Und dass wir uns nur eingemischt haben, um das arme Ding zu retten, und dass der ein Messer hatte und dir das in den Bauch gerammt hat. Keine Chance, Prufessò, er hat mir nicht geglaubt. Und je mehr ich erzählt hab, umso misstrauischer hat der mich angeglotzt. Dann hat er mich eine Stunde lang mit einem Polizisten schmoren lassen, der keinen Ton gesagt hat. Dann kommt er zurück und will wissen, was ich dort überhaupt gemacht hab, im Feld, und warum ich obenrum nackt war, als die Polizei kam. Ich konnte ihm natürlich nix vom Lieferwagen erzählen und hab gesagt, dass ich mein Hemd beim Kampf verloren hab. Und dass wir dort waren, weil wir über den Cuzzolara-Teich abkürzen wollten, zum Fest von Santu Vito. Und er: Zu Fuß zum Fest von Santu Vito? Warum nicht, hab ich ge-

sagt, und da hat er mir sofort unter die Nase gerieben, dass unser Dorf mehr als dreißig Kilometer weit weg ist. Uns hat jemand mitgenommen, hab ich gesagt, aber er hat mich nur angeschaut, der Commissario, und dann hat er mich gefragt, wo wir um halb vier am Nachmittag waren, und ganz ernst geschaut hat er dabei. Klar, es ging um die Lottostelle, ich hätt mir fast in die Hosen gemacht. Und irgendwie nehm ich meinen letzten Mut zusammen und sag mit festem Blick, dass wir da in Roccelle schwimmen waren.
Keine Ahnung, Prufessò, ob er das geschluckt hat oder nicht, aber irgendwann ist er noch mal rausgegangen und hat den Polizisten mitgenommen. Ich war also allein. 'ne halbe Stunde, ohne zu wissen, was los ist und wie es dir geht. Dann kommt der Commissario zurück, und ich merk sofort, dass er wie ausgewechselt ist, ganz freundlich und feierlich. Er lässt mir sogar Kaffee bringen, mit zwei Keksen. Sagt, ein Zeuge wär aufgetaucht, der meinen Bericht bestätigt. Wer das war, keine Ahnung. Jedenfalls hat sich der Commissario tausendmal für das Missverständnis entschuldigt und meinen Mut gelobt, und nachdem ich meine Aussage unterschrieben hab, hat er mich gefragt, wo ich hinwill. Ich wollte natürlich zur dir, und wissen, wie es dir geht, und da hat er plötzlich geschaut, Prufessò, ganz düster, das sah aus, als wollte der mir was sagen, aber dann hat er den

Mund gehalten, mir die Hand gedrückt und den Fahrer gerufen.«
Dummenico schwieg einen Augenblick, seine Stimme war heiser geworden. Vom Nachttisch nahm er die Wasserflasche und leerte sie in einem Zug.
Die Uhr im Zimmer zeigte die Stunde an, sechs Uhr am Morgen, und es war nichts zu hören, nur die regelmäßigen Geräusche der Apparate, die den Professor am Leben hielten.
Dummenico schaute aus dem Fenster und sah, dass das Dunkel der Nacht sich lichtete. Der anbrechende Tag schien auch die Schwere, die er spürte, etwas zu lichten, und die Hoffnung kehrte zurück.
Aber es war eine dünne Hoffnung.
Wie der Faden, den eine Spinne webt.

Im Kommissariat

Als der Schwarze vor ihm saß, war dem Commissario klar, dass er mit dem Raub in der Lottostelle nichts zu tun hatte. Aber so, wie der die Beine unter den Arm genommen hatte und davongerannt war, wusste er irgendwas. Um ihn zum Reden zu bringen, versuchte der Commissario, ihn mit der abgelaufenen Aufenthaltsgenehmigung einzuschüchtern. Er drohte ihm sogar, ihn zurück nach Afrika zu schicken, aber der Schwarze wiederholte nur, dass er nichts wusste und nichts Böses getan hatte.

»Woher kommen dann die hundert Euro in deiner Tasche?«, fragte der Commissario.

Der Schwarze erklärte, dass er seit sieben Uhr früh an den Stränden unterwegs gewesen wäre und die hundert Euro verdient hätte.

»Es ist verboten, am Strand zu handeln«, sagte der Commissario.

Der Schwarze sagte, dass er von irgendwas leben musste und nicht stehlen wollte.

Der Commissario interessierte sich nicht für die abgelaufene Aufenthaltsgenehmigung des Schwarzen, auch nicht dafür, dass er am Strand Krimskrams verkaufte. Er wollte ihn nur einschüchtern, damit er erzählte, was er wusste. Aber aus dem Schwarzen

war nichts rauszubekommen, und irgendwann glaubte er ihm, dass er wirklich nichts wusste. Er wollte ihn schon wegschicken, als der Anruf aus dem Sonnenblumenfeld kam.
Er ließ den Schwarzen im Verhörraum sitzen und kümmerte sich um die neue Angelegenheit, die ihm wichtiger erschien.

Der Typ mit dem Schnurrbart, den er verhörte, kam ihm ehrlich vor, wie ein Mensch mit einem reinen Gewissen. Aber er erzählte eine merkwürdige Geschichte, die vorn und hinten nicht stimmen konnte. Eine Tammorra, die geschlagen wurde, das Mädchen, von dem man nicht wusste, wer sie war und wo sie hingegangen war. Und der niedergestochene Verletzte, der vielleicht etwas wusste, aber gerade operiert wurde und im Moment nicht reden konnte.
Der Commissario versuchte, diesen Capa di Ciuccio zu verhören, aber der gab keinen Mucks von sich, deshalb sperrte er ihn ein, damit er sich vielleicht eines Besseren besann.
In der Zwischenzeit kam ein Anruf aus der Notaufnahme, ein Junge mit ramponiertem Gesicht und gebrochenem Arm war eingeliefert worden. Aber wer ihn so zugerichtet hatte, wollte er nicht sagen. Der Commissario dachte, dass es vielleicht eine Verbindung zu seinem Fall gab, und fuhr ins Krankenhaus, um die Sache genauer zu untersuchen.

Im Krankenhaus stellte er fest, dass der Junge der Enkel vom Schuster war. Ein anständiger Bursche, das wusste er, deshalb wunderte es ihn, dass der nicht reden wollte.

»Warum sagst du nichts? Hast du Angst vor mir?«

»Nein«, sagte Lorenzo, »aus Respekt vor jemand anderem kann ich Ihnen nicht sagen, was passiert ist.«

Der Commissario verstand, dass Lorenzo aus Respekt vor dem Mädchen nichts sagen wollte. Und meinte zu wissen, wer das Mädchen war. Aber er wusste aus Erfahrung, dass erst nach einer Nacht der Mut kam, Anzeige zu erstatten. Weil er niemanden unter Druck setzen wollte, kehrte er ins Kommissariat zurück.

Während er zurückfuhr, dachte er darüber nach, dass die Geschichte des Typen mit dem Schnurrbart vielleicht doch einen Sinn ergab. Aber trotzdem, irgendwas stank noch.

Warum war der Schnurrbärtige mit nacktem Oberkörper im Sonnenblumenfeld gewesen? Und was machten er und sein Freund überhaupt bei Sonnenuntergang dort?

Er roch, dass etwas faul war, aber er wusste nicht, was. Dann fiel ihm der Raub in der Lottostelle ein.

Hatten der Niedergestochene und der Schnurrbärtige das Geld geraubt?

Nur so eine Idee, aber er wollte ihr auf den Grund gehen.

Deshalb verhörte er den Schnurrbärtigen noch einmal.
Drei oder vier Fragen reichten, dann war er sich sicher. Seine Intuition hatte ihn nicht getäuscht.
Der Commissario holte den Schwarzen und zeigte ihm durch das Fenster den Schnurrbärtigen. Er war sich sicher, der Schwarze hatte die beiden Täter genau gesehen, auch wenn er was anderes behauptete.
Der Schwarze schaute durch die Scheibe auf den Schnurrbärtigen und erkannte ihn sofort.
»Und?«, fragte der Commissario. »Ist er das?«
Der Schwarze schwieg.
Dann atmete er tief durch und sagte: »Nein, das ist er nicht.«
»Sicher?«
»Sicher«, antwortete der Schwarze.
Der Commissario war überzeugt, dass er immer noch log. Und dass der Schnurrbärtige was mit der Lottostelle zu tun hatte. Der Lottostelle, die Mino Calasetta gehörte, verdammt noch mal. Demselben Mino Calasetta, den der Commissario seit drei Jahren wegen manipulierter Ausschreibungen dranzukriegen versuchte.
Und wenn nun, dachte der Commissario auf einmal, die Geschichte in dem Sonnenblumenfeld wie vom Himmel fiel, um Calasetta auf andere Art dranzukriegen?

Er griff nach den Zigaretten und begann zu phantasieren.
Wenn diese Geschichte aus dem Sonnenblumenfeld stimmte, wenn sich da tatsächlich drei Jungs wie die Tiere auf ein Mädchen gestürzt hatten – dann hing vielleicht nicht nur Capa di Ciuccio drin, sondern auch Calasettas Sohn, die beiden waren ja oft zusammen. Und wenn das so war, dann konnte er endlich mit dem Bauunternehmer ein Tänzchen tanzen. Mit dem Schnurrbärtigen als Zeugen. Allerdings wäre es besser, einen ehrlichen Mensch als Zeugen zu haben als einen Räuber. Und vergessen wir nicht, dachte der Commissario weiter, um sein Gewissen zu beruhigen, dass die beiden das Mädchen gerettet haben. Und dass einer der beiden dabei niedergestochen worden war und vielleicht starb. Der Commissario drückte die Zigarette aus und beschloss, sich dumm zu stellen.
Den Schwarzen ließ er seiner Wege gehen.
Dem Schnurrbärtigen brachte er einen Kaffee, entschuldigte sich für das Missverständnis, ließ ihn seine Aussage unterschreiben und fragte ihn, wo er hingebracht werden wollte.

Warten auf ein Wunder

Kurz nach Mitternacht setzte der Polizeiwagen Dummenico vor dem Krankenhaus ab. Er ging durch die Tür und zum Informationsschalter.
Hinter dem Schalter saß eine Signora im grünen Kittel, um den Hals eine Brille, die an einer Kette baumelte. Sie war ungefähr dreißig, dürr wie eine Sardine, sah aber ganz freundlich aus. Dummenico fragte nach dem Professor. Sie erkundigte sich, ob er ein Verwandter war.
»Ein Freund«, sagte Dummenico.
»Dann kann ich Ihnen keine Auskunft geben«, sagte die Sardine mit einem schmalen Lächeln.
Dummenico erklärte ihr die Situation, so höflich er konnte, in der Hoffnung, dass die Sardine sich erbarmte. Aber die war sturer, als sie aussah. Sie presste ihre Lippen aufeinander wie einen Hühnerarsch, als sie wiederholte, dass das nun mal die Regeln waren und sie keine Ausnahme machen konnte.
Dummenico fand, sie wurde immer hässlicher.
Dann bat er sie, ihm wenigstens die Station zu nennen, damit er selbst nachfragen konnte. Aber auch das wollte die Sardine nicht. Und außerdem, fügte sie hinzu, könne er um die Zeit sowieso niemanden besuchen, mitten in der Nacht.

Langsam wurde Dummenico nervös. Der Tag war hart genug gewesen. Aber er wollte keinen Aufstand machen und für Aufruhr sorgen.

Er brauchte eine Idee.

»Bitte entschuldigen Sie, dass ich Ihre Zeit in Anspruch nehme«, sagte er so schmachtend, wie er konnte, »aber wie kann eine Frau mit zwei so schönen Augen so grausam sein?«

Die Sardine wurde rot. Sie wusste, dass ihre Augen nichts Besonderes waren und dass der Typ nicht das geringste Interesse an ihr hatte.

Dummenico stützte sich auf den Schalter und schaute ihr mit einem Filmstarblick in die Augen.

»Ich halte Sie nicht länger auf«, sagte er. »Aber so schöne Augen wie Ihre sind dazu da, die Sterne anzuschauen, nicht diese vergilbten Papiere.«

Diesmal wurde die Sardine wütend.

»Jetzt reicht's aber«, zischte sie.

Sie schlug das Register auf die Theke, und einen Augenblick lang sah es so aus, als wollte sie eine Szene machen. Aber dann musste sie lächeln, und mit dem Lächeln verschwand ihre Hässlichkeit.

»Sie lügen«, sagte sie, »aber Sie sind ein netter Lügner.«

Sie schaute in ihrem Register nach und gab ihm die Zimmernummer vom Professor.

»Im zweiten Stock«, sagte sie, »er ist wohl gerade aus dem Operationssaal gekommen.«

Und so stieg Dummenico in den zweiten Stock, und vor dem Zimmer stieß er auf den Arzt, der den Professor operiert hatte.
»Wie geht es ihm?«, fragte Dummenico.
»Er braucht ein Wunder«, sagte der Doktor ohne Umschweife.
Dummenico war erschüttert.
»Aber ... wie kann das sein?«, fragte er mit zitternder Stimme.
Der Arzt sah seine Erschütterung und erklärte ruhig, dass die Wunde tief war und er viel Blut verloren hatte. Dummenico schaute in das Zimmer und sah den Professor bewusstlos im Bett liegen. Überall hingen Schläuche, und sein Herz schlug nur, weil es an einen Apparat angeschlossen war.
»Gibt es denn gar keine Hoffnung mehr?«, fragte er noch mal.
Der Arzt breitete die Arme aus, seufzte und ging wortlos über den Flur davon.
Dummenico betrat das Zimmer und setzte sich zum Professor ans Bett. Eine halbe Stunde lang saß er schweigend bei ihm. Aber die Stille machte ihm Angst, und die Ungewissheit zerfraß ihm die Seele, und als er es nicht länger aushielt, begann er, mit dem Freund zu reden, als könnte der ihn hören.
Redend hatte Dummenico die Nacht verbracht und so ein wenig Ruhe gefunden.

Jetzt war die Nacht vorüber, und Dummenico spürte, dass ihm der Schädel dröhnte und seine Beine vor Anspannung hart geworden waren.
Er stand auf, sagte zum Professor, dass er gleich wieder da wäre, und ging aufs Klo.
Dort hielt er den Kopf unter den Wasserhahn, bis er das Gefühl hatte, das Feuer wäre gelöscht. Dann trocknete er sich ab.
Er ging ins Erdgeschoss runter, trank einen Kaffee, ging ein paar Schritte durch den Garten am Krankenhaus. Plötzlich hatte er das Bedürfnis, mit Rosetta zu reden, und rief sie an. Erst fragte er nach den Kleinen, dann fragte er, ob es ihr gut ginge, und zum Schluss fehlte ihm der Mut, ihr vom Professor zu erzählen.
Als er ins Zimmer zurückkam, war es acht Uhr. Der Professor lag immer noch so da, angeschlossen an die Schläuche, und es sah aus, als schliefe er.
Dummenico setzte sich zu seinem Freund.
»Prufessò«, sagte er, »du musst aufwachen, was soll ich denn sonst tun? Wir haben das doch gemeinsam gemacht und uns wacker geschlagen, unser Herzblut gegeben, und das alles für nichts, Prufessò? Umsonst?«
»Nein, nicht umsonst ...«, sagte eine Stimme.
Einen Augenblick lang dachte Dummenico, dass er die Stimme nur geträumt hatte. Dann hob er den Blick und sah das Mädchen an der Tür stehen. Sie hatte schwarze Haare und ein trauriges Lächeln, schön

wie ein Gemälde. Er erkannte sie nicht, denn im Sonnenblumenfeld hatte er keine Zeit gehabt, sie anzuschauen, aber ihm war klar, dass sie es war.
»Ich möchte euch für das danken, was ihr getan habt«, sagte das Mädchen.
Dann setzte sie sich ans Bett, schaute den Professor an und streichelte ihm die Hand.
»Der Doktor sagt, er braucht ein Wunder.«
Dummenico nickte.
»Und alles meinetwegen«, sagte das Mädchen.
»Was hat das mit dir zu tun?«
»Weil er mich retten wollte, liegt er jetzt da.«
»Ich glaube«, sagte Dummenico, »wenn du weißt, was richtig ist, dann musst du das auch tun, denn wenn du das nicht tust, geht alles Schöne im Leben verloren, und du erkennst es nicht mal mehr. Mein Freund hat nur das Richtige getan, und das ist nicht deine Schuld. Wenn jemand schuld ist, dann diese Schweine, die sich alles nach Lust und Laune nehmen, aber das weißt du selbst, das muss ich dir nicht erklären.«
»Aber er ...«, murmelte das Mädchen, dem die Tränen in die Augen gestiegen waren.
Dummenico ließ sie nicht weitersprechen.
»Nein, nein«, sagte er, »pass mal auf, der kommt schon wieder zu sich. Mein Freund ist ganz schön zäh. Der ist imstande, nur aufzuwachen, um die Ärzte zu ärgern.«

Das sagte er eigentlich, um sie zu beruhigen, aber in dem Augenblick glaubte er selbst daran.
Das Mädchen hatte sich inzwischen ein Lächeln abgerungen.
»Wie heißt du?«, fragte Dummenico.
»Caterina.«
»Gut, Caterina, jetzt geh nach Hause, sonst schämt er sich und wacht nicht auf.«
»Ich gehe schon«, sagte sie, »aber erst will sich noch jemand bedanken.«
Dummenico hatte nicht einmal Zeit zu fragen, wer, da erschien Lorenzo in der Tür. Sein Arm war eingegipst, auf der Stirn, die schwarz war von Blutergüssen, war er genäht worden, und sein Blick schien älter als seine Jahre.
Caterina suchte seine Hand, und er griff danach, aber so, als bereitete es ihm Mühe, als würde ihn etwas quälen und ihm keine Ruhe lassen.
»Ich glaube, ich verstehe«, sagte Dummenico, »du bist bestimmt der, der die Tammorra geschlagen hat, um Hilfe zu holen.«
»Das habt ihr gehört?«, fragte Lorenzo verwundert.
»Wenn die Tammorra nicht gewesen wäre, hätten wir euch nicht helfen können.«
Lorenzos Lächeln ließ sein ganzes Gesicht strahlen. Dann seufzte er leise, Tränen traten ihm in die Augen, und er drückte die Hand des Mädchens fester.

Sie erwiderte den Druck, und eine Zeitlang blieben sie so sitzen, mit ineinander verschlungenen Händen, und es schien, als könnte nichts sie auseinanderreißen.

»Dann gehen wir jetzt«, sagte Caterina dann, »ich will ins Kommissariat, um Anzeige zu erstatten. Aber wenn Ihr Freund aufwacht, dann kommt uns besuchen, ich will mich auch bei ihm bedanken.«

Sie streichelte den Professor noch mal, küsste Dummenico auf die Wange und ging mit Lorenzo aus dem Zimmer.

»Hast du gehört, Prufessò?«, rief Dummenico, »wir haben doch was Gutes getan.« Und er redete weiter, weil er neue Hoffnung geschöpft hatte.

Er redete eine Stunde, vielleicht auch zwei.

Dann überkam ihn mit einem Schlag die Gewissheit, dass es keine Hoffnung mehr gab. Er wurde todtraurig, ihm kamen die Tränen. Aber er wollte das nicht vor dem Freund tun, deshalb verbarg er sich auf der Toilette und machte seinem Schmerz Luft, der ihn erstickte.

Dann brauchte er frische Luft. Er stieg er ins oberste Stockwerk des Krankenhauses, auf die mit Blumen bepflanzte Terrasse. Er steckte sich eine Zigarette an und schaute auf den Horizont, dort, wo die Felder den Muntagnone erreichten.

Er starrte auf das Blau des Himmels und rauchte

seine Zigarette, seine Gedanken kreisten, ohne Hoffnung stand er da, ratlos, was zu tun war, und in diesem Moment entdeckte er etwas am Himmel. Erst sah er nicht, was es war, weil ihn die Sonne blendete.

Er kniff die Augen zusammen und beschirmte sie mit der Hand ... ein Sperber!

Mit ausgebreiteten Flügeln schwebte er von oben herab, kreisend, die Luftströmung suchend. Dann stieg er wieder auf, segelte erneut herab und stieg wieder auf. Und kam immer näher.

So tanzte der Sperber am Himmel, eine kleine Ewigkeit lang, immer näher kreiste er, bis er schließlich herabsegelte und auf dem Geländer der Terrasse landete, drei Meter von Dummenico entfernt.

Dort saß er und starrte Dummenico mit seinen engstehenden Augen an, die wie Stecknadelköpfe aussahen, rot vom Blut des Lebens.

So blieb er eine Minute lang sitzen.

Dann stieß er einen Schrei aus, stieg wieder auf und verschwand in den Reflexen der Sonne.

Dummenico spürte, wie ihm ein Schauer über den Rücken lief.

Er dachte, der Sperber sei gekommen, um seinen Freund zu holen, und er rannte von der Terrasse ins Treppenhaus, nahm immer mehrere Stufen auf einmal und hätte sich in der Hast beinahe das Genick gebrochen.

So kam er am Zimmer an, nass vor Schweiß, mit klopfendem Herzen und zugeschnürter Kehle. Er atmete tief durch.

Dann ging er rein.

»Mimmù, du auch hier?«, fragte der Professor, der versuchte, sich die Schläuche herauszureißen, um aus dem Bett zu steigen.

»Prufessò ... Prufessò ...«

»Mimmù, was is' los? Du bist ja leichenblass. Schon wieder das Herz?«

»Prufessò ...«

»Ich glaub, du solltest mal 'n Kardiogramm machen lassen.«

»Prufessò ...«

»Mè, jetzt reicht's, Mimmù ... warum flennst du denn?«

Dummenico warf sich auf das Bett und umarmte den Freund.

»Mimmù ... was ist denn mit dir los?«

Dummenico lachte und weinte gleichzeitig. Er rannte im Zimmer herum, rief nach den Krankenschwestern und Ärzten. Und lachte wieder.

»Mimmù, bist du verrückt geworden?«

»Prufessò, geht es dir wirklich gut?«

»Ja, mir geht's gut, aber was war denn los, erzähl doch mal.«

»Ein Wunder, Prufessò ...«

»Na gut, wenn du dich beruhigt hast, kannst du mir

dein Wunder erklären. Hauptsache, die Tasche ist in Sicherheit.«

»Welche Tasche, Prufessò?«

»Bist du total bescheuert, Mimmù? Die Tasche! Die mit dem Geld! Wo hast du die hingetan?«

Jenseits der Dritten Welt

Dummenico brauchte einen halben Tag, um das Sonnenblumenfeld wiederzufinden. Hinter dem Muntagnone ging die Sonne unter, und die Blumen neigten ihre Köpfe in seine Richtung, um den letzten Rest Licht zu erhaschen, bevor sie sich zur Ruhe legten. Dummenico ging durch das Feld zum Cuzzolara-Teich.

Der Lieferwagen stand noch da, verborgen im Schilf, genau dort, wo der Professor ihn vermutet hatte. Es war, als hätte er auf ihn gewartet.

Dummenico schaute sich um, er wollte sichergehen, dass niemand ihn beobachtete. Dann öffnete er die Tür und schob die Hand unter den Sitz.

Die Tasche war nicht da.

Er spürte, wie sein Hemd schweißnass wurde, und schob die Hand tiefer unter den Sitz.

Nichts. Er fand sie nicht.

Er tastete und streckte den Arm, bis er beinahe abfiel. Er legte sich sogar zwischen die Sitze, um nachzusehen.

Doch sosehr er auch suchte und wühlte und alle Dorfheiligen anflehte, die Tasche mit dem Geld blieb verschwunden.

»Wenn wir wenigstens wüssten, wer es geklaut hat«, sagte der Professor.

Sie saßen im Hof vor Dummenicos Haus. Der Professor auf einem Korbsessel, er erholte sich von seiner Operation. Dummenico, der Zichorien für Rosetta putzte, auf einem Hocker.

Die Sonne war heiß, immer noch, und der Himmel verschleiert von hohen Federwolken.

»Was willst du eigentlich?«, antwortete Dummenico. »Reicht dir ein Wunder nicht?«

»Klar, aber ...«

»Aber was? Du lebst, sie haben uns nicht eingelocht, wir haben sogar dem Mädchen das Leben gerettet ... reicht dir das nicht, Prufessò?«

»Ich verlange ja gar nix, Mimmù. Ich will einfach nur wissen, wer sich mit dem Geld jetzt 'ne schöne Zeit macht.«

»Was interessiert uns das, Prufessò? Das war Schicksal, ist doch klar. Mich interessiert jetzt nur, dass du schnell wieder gesund wirst. Eins nach dem anderen.«

Er stand auf, gab dem Professor einen scherzhaften Schlag auf den Kopf und trug die Schüssel mit dem Gemüse in die Küche. Einen Moment später tauchte er mit zwei Bier, einem Teller mit Käse, Brot und Tomaten so groß wie Pfirsichen auf.

»Mè, lass uns anstoßen«, sagte der Professor.

»Verträgst du das Bier, Prufessò?«

»Mimmù, ich bitte dich!«
»Aber der Arzt hat gesagt ...«
»Die haben doch keine Ahnung. Los, her mit dem Bier.«
Dummenico gab ihm die Flasche und trank einen Schluck auf das Wohl des Professors.
Dann schnitt er sich ein Stück Käse ab und aß es mit dem Brot und den Tomaten.
Während sie so aßen, sahen sie einen Schwarzen.
Er stand vor dem Tor und winkte.
»Was will der denn?«, fragte Dummenico.
»Ein Afrikaner, sucht sicher was zu essen.«
»Da kommt er zu uns?«
»Uns geht's immer noch besser als denen.«
Dummenico hob die Hand.
»Wir haben nicht mal 'nen Euro, Bruder!«, rief er.
Der Schwarze winkte weiter.
»Hat er nicht verstanden«, sagte der Professor.
»Nix Euro, kein Geld«, rief Dummenico noch mal.
Aber der rührte sich nicht vom Tor weg und winkte weiter.
»Nun gib ihm schon was«, sagte der Professor.
Dummenico stand auf und lief widerwillig in die Küche. Er nahm ein halbes Kilo Brot, ein Stück Caciocavallo und einen Apfel, steckte alles in eine Papiertüte und ging raus, um es dem Schwarzen zu bringen.
»Mè, Bruder, Geld hab ich keins. Nimm das Essen

und versuch es an einer anderen Tür«, sagte Dummenico.
»Ich hab schon gegessen«, antwortete der Schwarze. »Trotzdem danke, Dummenico.«
Dummenico war erstaunt, dass der Schwarze ihn beim Namen nannte.
»Kennen wir uns?«
»Ja, wir kennen uns«, antwortete der Schwarze. »Und den da kenn ich auch«, fuhr er fort und zeigte auf den Professor.
Dummenico schaute noch verwunderter drein.
»Ciucculatì, bist du sicher?«
»Darf ich?«, fragte der Schwarze. Er nahm die große Tasche mit seinen Sachen, kam in den Hof und ging auf den Professor zu.
»Prufessò, der sagt, er kennt uns.«
»Ciao, Bruder«, sagte der Schwarze, als er den Professor erreicht hatte.
Der schaute ihn an und sagte sofort:
»Wir kennen den auch.«
»Wer ist das denn?«, fragte Dummenico.
»Der von der Lottostelle! Mit den hundert Euro«, sagte der Professor.
»Ja, die Lottostelle«, bestätigte der Schwarze und zeigte das Weiß seiner Zähne.
»Ciucculatì«, sagte Dummenico, beugte sich vor und schaute ihm fest in die Augen, »wenn du uns erpressen willst, bist du hier falsch.«

Der Schwarze schaute ihn ernst an und schwieg.
Dann beugte er sich über seine Tasche, löste die Kordel, mit der sie zugebunden war, und zog eine kleinere Tasche heraus, die er Dummenico gab.
»Das gehört euch«, sagte er.
Als sie die Tasche sahen, traf die Freunde fast der Schlag. Dann riss Dummenico sich zusammen, nahm die Tasche und machte sie auf.
Darin lag das Geld von dem Überfall. Er zählte nicht nach, aber es sah aus, als fehlte nichts.
Er schaute den Schwarzen an.
Er sah seine Haut, gezeichnet von Narben, und die geröteten Augen von einem, der wenig und schlecht schlief.
»Warum hast du die Kohle nicht behalten?«, fragte er.
»Ich hab drüber nachgedacht«, antwortete der Schwarze, »aber es ist nicht mein Geld, sondern eures. Das wäre nicht recht gewesen.«
»Wie ist das Geld überhaupt bei dir gelandet?«, wollte der Professor wissen.
Der Schwarze erzählte ihnen alles, was nach dem Überfall auf die Lottostelle passiert war. Und er erzählte auch, dass es Nacht geworden war, als der Commissario ihn laufenließ und kein Bus mehr fuhr. Todmüde lief er durch die Felder, weil er sich irgendwo unter einen Baum legen wollte. Dann hatte er den Lieferwagen im Schilf gefunden und gedacht,

dass es bequemer war, sich dort reinzulegen, anstatt die Nacht draußen zu verbringen, wo es feucht war. Am nächsten Morgen bekam er Hunger, deshalb suchte er im Wagen nach etwas Essbarem. So fand er die Wagenpapiere mit Dummenicos Foto. Dann kam ihm ein Verdacht, er suchte weiter und fand die Tasche mit dem Geld. Und diese Tasche, hatte er nach einer schlaflosen Woche entschieden, musste er zurückgeben.

Nachdem er zu Ende erzählt hatte, nahm der Schwarze seine Tasche und wollte gehen.

»Halt ...«, sagte Dummenico.

Der Schwarze blieb stehen.

Dummenico schaute den Professor an, und der nickte.

Dummenico holte das Geld raus, zählte es und teilte es in drei gleich große Stapel. Einen steckte er in einen Umschlag und gab ihn dem Schwarzen.

Der Schwarze nickte zum Dank. Seine Hände berührten erst die von Dummenico, dann die des Professors. Dann nahm er den Umschlag mit dem Geld.

»Warum bleibst du nicht zum Essen?«, fragte Dummenico.

»Danke«, antwortete der Schwarze, »aber jetzt hab ich keine Zeit.«

Dann lächelte er sein weißes Lächeln und ging zum Tor.

»Du weißt ja jetzt, wo wir wohnen«, rief ihm Dum-

menico nach, »und musst versprechen wiederzukommen.«
»Versprochen«, sagte der Schwarze. Und bevor er seines Weges ging, hob er noch mal die Hand zum Gruß.

Dummenico setzte sich auf den Hocker und drehte sich eine Zigarette.
Er steckte sie in den Mund, zündete sie an und nahm einen tiefen Zug.
»Prufessò«, fragte er, »warum heißt es eigentlich Dritte Welt?«
»Weil wir die vierte sind«, antwortete der Professor.
Einen Augenblick lang sahen sich die beiden Freunde ernst an.
Dann brachen sie in Gelächter aus, das über die Felder schallte, bis es der Wind davontrug.
Wie den Sand von der Wüste bis zum Meer.
Und den Sperber weit über die Berge.
Und die Ängste einsamer Menschen ins Dunkel der Nacht.

Danksagung

Ich möchte mich bei Enzo Longo bedanken, der mich mit den Orten und den Gerüchen dieses abgeschiedenen Landstrichs bekannt gemacht hat.
Und bei Lorenzo Caiolo für die Musik.
Ohne sie hätte ich nie vom Sonnenblumenfeld erzählen können.

Außerdem möchte ich mich bei Pietro Maturi bedanken, der mir dabei geholfen hat, eine »erträumte« Sprache in eine schlüssige Form zu bringen.